Gerit Kopietz/Jörg Sommer • Mira Morgenstern

Die Feuerteufel/Die Angst ist schwarz

OMNIBUS

DAS AUTOREN-TEAM

Gerit Kopietz und Jörg Sommer, beide 1963 geboren, schreiben zusammen, leben zusammen und haben zusammen vier Kinder. Abends, wenn die Kinder schlafen, legen die beiden los. Nacht für Nacht erleben sie mit ihren Helden unzählige Abenteuer – und halten sie Wort für Wort fest. Sie schreiben Krimis, Geschichten von Katzen, Tigern, Hunden, alten und jungen Menschen, erzählen von ängstlichen und mutigen Kindern, von starken und schwachen und schlauen Helden.

Gerit Kopitz/
Jörg Sommer

Mira Morgenstern

Die Feuerteufel
Die Angst ist schwarz

OMNIBUS

Band 21132

OMNIBUS

Der Taschenbuchverlag für Kinder

Verlagsgruppe Random House
München Berlin Frankfurt Wien Zürich

Umwelthinweis:
Dieses Buch wurde auf chlorfrei gebleichtem Papier gedruckt.

Erstmals als OMNIBUS Taschenbuch Mai 2002
Gesetzt nach den Regeln der Rechtschreibreform

Originaltitel: Mira Morgenstern – Die Feuerteufel/Die Angst ist schwarz

Das Zitat aus »Romeo und Julia« stammt von William Shakespeare in der Übersetzung von August Wilhelm Schlegel (Reclam-Ausgabe)
Das Zitat aus »Wilhelm Tell« stammt von Friedrich Schiller (Reclam-Ausgabe)
Innenillustrationen: Andi Wolff
Umschlagbild: Anke Siebert
Umschlagkonzeption: Klaus Renner
st · Herstellung: Peter Papenbrok
Satz: Uhl + Massopust, Aalen
Druck: Clausen & Bosse, Leck
ISBN 3-570-21132-0
Printed in Germany

www.omnibus-verlag.de

10 9 8 7 6 5 4 3 2 1

Mein Fotoalbum

Hier siehst du alle Menschen, die in meinem Leben (und in meinen Abenteuern) eine wichtige Rolle spielen:

MIRA MORGENSTERN

Das bin ich, »immer am Ball«. Egal ob beim Fußballspielen mit meinen Brüdern oder in meinen Kriminalfällen.

AMANDA BOLLINGER

Die ist nicht hübsch,
die tut nur so.
Furchtbar reich,
furchtbar ätzend
und furchtbar
hinter Simon her.

SIMON VAIL

Das ist ER.
Mein ganz
persönlicher
Morgenstern.
Ein Typ zum
Gernhaben,
findest du
nicht?

NESTROY

Tja — und DER ist der beste von allen Freunden: Johann Nepomuk Nestroy III. bei der Erholung von seiner Lieblingsbeschäftigung. An guten Tagen frisst er mehr als alle meine Brüder zusammen. Wenn er gerade nicht frisst, hilft er mir bei meinen Kriminalfällen. Und auch hier bricht er sämtliche Rekorde.

HOLGER GRÜNBERG

Der rasende Reporter und mein Partner in mehr als einem Fall. Doch meistens muss er sich seine Schlagzeilen hart erarbeiten. Auch wenn er jammert (und das tut er oft) - auf ihn kann ich mich zu 100 % verlassen.

MAMA & PAPA MORGENSTERN

Klaus-Dieter und Brigitte alias Papa und Mama in einer ihrer seltenen ruhigen Minuten. Die beiden sind zwar manchmal etwas lästig, aber ansonsten ganz okay.

MEINE BRÜDER

Ein Meisterschuss von mir persönlich (darum bin ich auch nicht mit auf dem Bild). Das einzige Bild, auf dem alle sieben gemeinsam zu sehen sind. Von links nach rechts: Max, Julius, Fred, Kai, Frank und vorne die beiden Chaoten Jens und Jan.

Die Feuerteufel

Inhalt

*»Leidenschaft gibt Kraft, Zeit weist die Wege,
Der Liebe Süße schwächt die schlimmsten
Schläge.«*
William Shakespeare, Romeo und Julia

»Ich HASSE Feuer.«
Mira Morgenstern

»Miauuu.«
Johann Nepomuk Nestroy III.

Operation Taschengeld

Oh Eduard, siehst du das arme Kätzchen dort oben?« Die ältere, vornehm gekleidete Dame zupfte ihren Begleiter am Ärmel und deutete gen Himmel.

Irritiert folgte der Blick des Mannes ihrem ausgestreckten Zeigefinger: »Liebling, ich kann wirklich nichts sehen.«

»Natürlich siehst du nichts. Du solltest eigentlich deine Brille tragen. Aber glaube mir, in den höchsten Baumwipfeln sitzt ein kleines Kätzchen und maunzt ganz herzzerreißend.«

Ein junger Mann trat zu den beiden: »Es wäre wohl passender, hier von einem ausgewachsenen und recht fetten Kater zu sprechen.«

Die ältere Dame warf ihm einen bösen Blick zu: »Wie auch immer. Das süße Geschöpf kommt offensichtlich alleine nicht mehr herunter.«

Sie schaute den jungen Mann auffordernd an. »Nun?«

»Wie – nun?«

»Sie sind jung und offensichtlich gut bei Kräften. Muss ich Sie darum bitten, hinaufzusteigen und das arme Kätzchen zu befreien oder …?«

In der Zwischenzeit hatte sich eine richtige Menschenmenge um den hohen Baum am Straßenrand versammelt. Das ängstliche Miauen in dessen Wipfeln wurde von Minute zu Minute kläglicher. Doch der Baum war stattliche 20 Meter hoch. Offensichtlich traute sich niemand, der Katze zu Hilfe zu kommen. Erst recht nicht der angesprochene junge Mann. Blitzschnell tauchte er in der Menge ab.

Die ältere Dame fragte fast flehentlich: »Ist denn hier niemand, der dem armen Tier zu Hilfe eilen möchte? Niemand? Wirklich niemand?«

Ein kleiner Junge streckte plötzlich die Hand Richtung Baumkrone: »Sehen Sie doch.«

Alle Blicke wanderten nach oben. Tatsächlich. In gut drei Metern Höhe hangelte sich geschickt ein schlankes, offensichtlich sportliches Mädchen von Ast zu Ast. Gespannt folgten unzählige Augenpaare ihren Bewegungen. Geschickt wie ein Affe kletterte das Mädchen immer höher. Mit ihren übergroßen Turnschuhen, der ebenfalls viel zu großen und offensichtlich viel getragenen, verwaschenen Jeans und den knallroten Hosenträgern war sie im grünen Laub des Kastanienbaumes gut zu sehen.

»Die Kleine hat wirklich Mut. Das nenne ich Courage.« Die alte Dame war begeistert. Das Mädchen im Baum war inzwischen auf halber Höhe angekommen. Die Äste wurden allmählich dünner. Das Klettern schwieriger. Das Mädchen kam nur noch langsam voran. Es musste vor jedem Griff, jedem Tritt vorsichtig probieren, ob der Ast ihr Gewicht tragen konnte. Plötzlich knickte ein Zweig. Das Mädchen verlor das Gleichgewicht und ruderte wild mit dem Arm. Die Menge unten auf der Straße hielt den Atem an. Doch dem Mädchen gelang es, am Stamm wieder festen Halt zu bekommen. Ein Raunen ging durch die Menge. Unterdessen hatte das atemberaubende Schauspiel den ganzen Platz mit Schaulustigen gefüllt.

Die junge Retterin hatte noch gut fünf Meter zurückzulegen, als plötzlich unter ihrem Fuß ein Ast brach. Krachend segelte er in die Tiefe. Erschrocken sprangen die Menschen beiseite. Schon starrten alle wieder angestrengt nach oben. Doch das Mädchen hatte bereits wieder sicheren Stand gewonnen.

Jetzt hatte sie die jämmerlich maunzende Katze erreicht. Sie musste sich weit nach vorn beugen, um das Tier zu fassen zu bekommen. Die ältere Dame fragte ihren Begleiter, ohne den Blick abzuwenden: »Wie soll dieses Mädchen nur einhändig von da oben herunterkommen?«

Erneut ging ein Raunen durch die Menge. Das Mädchen hatte sich die Katze kurzerhand zwischen Bauch und die beiden großen Hosenträger geschnallt. Schnell, geschickt und augenscheinlich geübt war sie bereits wieder auf dem Weg nach unten.

Wenige Minuten später hangelte sie sich elegant vom tiefsten Ast herab. Kurze Zeit baumelte sie einen halben Meter über dem Erdboden, ließ sich dann los und sprang zu Boden. Sie nahm die Katze aus dem sicheren Platz unter ihren Hosenträgern und setzte sie behutsam und liebevoll auf den Boden. Spontan klatschten die Menschen laut Beifall. Vereinzelte Hochrufe wurden laut.

Die Katze drückte sich eng an die Beine ihrer Retterin. Die alte Dame trat vor und klatschte entzückt in die Hände: »Oh, wie heldenhaft. Ein kleines Mädchen wie du hat alle die starken jungen Männer hier beschämt. So etwas Mutiges wie du. Sag uns, Kind, wie heißt du?«

Bescheiden beugte das Mädchen die Knie zu einem höflichen Knicks.

»Mein Name ist Morgenstern, gnädige Frau. Mira Morgenstern.«

Die alte Dame klopfte ihr kräftig auf die Schulter: »Nun, diesen

Namen wird man sich merken müssen. Aus dir wird sicher noch etwas Großes werden.«

Mit diesen Worten nahm sie einen dicken Geldschein aus ihrer Handtasche und steckte ihn in Miras Hand. »Hier. Heldenmut soll belohnt werden.«

Die Menge applaudierte wieder und einige der Passanten öffneten ebenfalls ihre Geldbörse.

In wenigen Minuten hatte Mira beide Hände voll mit Münzen und einigen Geldscheinen. Die Menge begann, sich zu zerstreuen, und auch die alte Dame verabschiedete sich, nicht ohne Mira immer wieder zu loben.

Schließlich stand Mira alleine auf dem Platz unter dem Kastanienbaum. In der Hand eine beträchtliche Summe Bargeld. Vor ihren Füßen saß die Katze, die sie bei ihrem heldenhaften Einsatz aus schwindelnden Höhen errettet hatte.

Mira beugte sich zu dem Tier hinab und streichelte ihm zärtlich den Kopf. Sie schaute sich um. Niemand von den Passanten, die ihre Rettungsaktion beobachtet hatten, war mehr zu sehen. Sie lächelte. Zärtlich wandte sie sich an den Vierbeiner: »Nicht übel, Nestroy. Die Aktion hat sich gelohnt. Sollen wir es drüben am Schillerplatz noch mal versuchen? Oder reicht es dir für heute?«

Kater Nestroy knurrte angewidert. Mira grinste: »Schon in Ordnung. Du hast Recht, es reicht. Wie wäre es jetzt mit einem ordentlichen Imbiss im Fischrestaurant?«

Fünf Fische und ein Schock

Mira und ihr Kater Nestroy saßen auf der Terrasse des Fisch-Schnellrestaurants Happy-McFish in der Innenstadt. Mira hatte soeben die zweite Portion Backfisch, Nestroy die dritte Portion Hering in Rahmsoße verdrückt. Beiden spannte der Bauch. Satt und zufrieden blinzelten sie in die grelle Junisonne.

Eine Angestellte des Restaurants kam und räumte die Verpackungsberge ab, die die beiden zufriedenen Schlemmer hinterlassen hatten. Nestroy sprang auf Miras Schoß und maunzte behaglich. Gedankenverloren kraulte Mira ihm den Nacken. »Du hast wirklich einen guten Geschmack, Nestroy. Fisch ist etwas Leckeres. Und hat angeblich obendrein eine Riesenportion Eiweiß und Kalzium oder so ähnlich. Alles wichtig fürs Wachstum.«

Nestroy drehte sich auf den Rücken, streckte alle viere von sich und ließ sich genüsslich den voll geschlagenen Bauch kraulen.

Mira murmelte: »Leider scheint dieses Wundermittel bei mir nicht zu wirken. Für meine 11 Jahre bin ich echt winzig. Amanda Bollinger ist glatt 15 Zentimeter größer als ich.«

Nestroy schnurrte.

»Unmöglich. Ich kann doch nicht noch mehr Fisch in mich hineinstopfen.«

Nestroys Schnurren verstummte. Angriffslustig stellte er seine Ohren auf. Ein Junge in Miras Alter setzte sich auf den freien Stuhl an ihrem Tisch. Mit einem breiten Lächeln wandte er sich an Mira: »Na, bist du mit einem Freund zum Essen verabredet?«

Mira schluckte. Bisher war sie niemals jemandem eine Antwort schuldig geblieben. Kein Wunder – bei sieben älteren Brüdern. Da gehörte Schlagfertigkeit zum alltäglichen Überlebenstraining. Jetzt hatte es Mira plötzlich die Sprache verschlagen. Wie in einem Thermometer stieg ihr die rote Farbe vom Hals bis in die Haarspitzen. Der Grund ihrer Verlegenheit saß ihr in einem Meter Entfernung gegenüber: Simon Vail. Der Schwarm aller Mädchen der 5b. Ein Traumtyp. Der beste Schüler in Miras Klasse. Und der Sportlichste. Und der Schönste. Und …

»Warum starrst du mich so an?« Simon war verwirrt. »Wenn ich dich bei einem trauten Plausch mit deinem Kater störe, musst du's sagen. Ich kann mich auch wieder verkrümeln.«

»Äh, öh, nee, natürlich nicht.«

Simon lächelte: »Freut mich. Sag mal, was ist eigentlich der Grund für euren Festschmaus? Hat dein Kater Geburtstag? Wie heißt er noch? Nestor oder so ähnlich?«

»Nestroy.«

Bevor Simon etwas sagen konnte, legte sich eine runzelige Hand auf Miras Schulter. Mira schaute auf und blickte geradewegs in die Augen einer alten Dame. Dabei entschwanden sämtliche Farbpigmente aus ihrem Gesicht – ebenso schnell wie sie zuvor gekommen waren. Hinter ihr stand die alte Dame, die ihr unter dem Kastanienbaum die Heldenshow abgekauft hatte. »Nestroy. Schöner Name. Ich sehe, ihr habt euch angefreundet.«

Mira stotterte: »J… j… ja, doch.«

Die alte Dame lächelte ihr gütig zu: »Und du hast ihr auch noch eine fürstliche Mahlzeit gekauft. Das ist aber selbstlos. Nein, so was. Dass es das noch gibt.« Sie wandte sich an Simon: »Junger Mann, Ihre Freundin ist wirklich ein Vorbild.«

Simon verstand offensichtlich nur Bahnhof. Die alte Dame lächelte: »Ihrer Miene entnehme ich, dass diese junge Dame hier in ihrer Bescheidenheit noch nicht über ihre Heldentat berichtet hat.«

Simon nickte eifrig. Mira schüttelte noch eifriger den Kopf. Die alte Dame fuhr fort: »Nun, dann will ich das für sie tun.« Haarklein schilderte sie das Schauspiel, dem sie vor einer knappen Stunde beim Kastanienbaum zusehen hatte dürfen.

Simon saß auf seinem Stuhl, sprachlos und mit offenem Mund. Mira funkelte ihn an. Hoffentlich würde er jetzt nichts Falsches sagen. Simon schluckte: »Ja, aber… –Auuutsch.« Miras rascher Tritt gegen sein Schienbein zeigte Wirkung. Er funkelte Mira böse an. Mit beiden Händen griff er an sein Bein, sagte aber nichts mehr. Die alte Dame lächelte ihn freundlich an. Mira lächelte ihn noch freundlicher an. Simon funkelte böse zurück.

Die alte Dame schaute auf ihre Uhr: »Nein! So spät ist es schon? Ich verpasse ja noch meinen Frisörtermin. Ihr entschuldigt mich, Kinder. Und weiter so, junge Dame.«

Noch einmal klopfte sie Mira wohlwollend auf die Schulter, dann entschwand sie so rasch, wie sie aufgetaucht war, in der Menge der Passanten.

Simon schnaufte tief durch. Dann schüttelte er ungläubig den Kopf: »Ist das wahr, Mira?«

Mira nickte vorsichtig.

»O Mann, ist das cool! Das glaubt mir doch keiner.«

»Darum solltest du es auch niemandem erzählen.« Simon überlegte kurz. Dann nickte er. »Okay. Das bleibt unser Geheimnis. Obwohl die Story wirklich cool ist. Wärst eine tolle Julia!«

Mira schluckte. Sie sollte die Hauptrolle übernehmen? Seit Monaten schon traf sich die neu gegründete Theater-AG ihrer Schule. Neben Simon und ihr waren eine Menge anderer Schüler beteiligt.

Bald sollte das Stück *Romeo und Julia* zur Jubiläumsfeier der Schule aufgeführt werden. Bislang probten sie noch mit unterschiedlichen Rollenbesetzungen – damit sie ein »Gefühl« fürs Theaterspielen bekämen, wie ihre Leiterin, Frau Bloomsdorf, es ausdrückte. Doch morgen wollte sie die endgültige Rollenverteilung festlegen. Alle Jungs wollten natürlich den Romeo spielen – und alle Mädchen die Julia.

Simon beugte sich über den Tisch, kam ganz nah an Miras Gesicht. So nah, dass Nestroy warnend knurrte. »Ich verrate dir ein Geheimnis. Frau Bloomsdorf hat mir heute Morgen gesagt, dass ich den Romeo spielen soll.«

Mira schluckte. Simon den Romeo und sie selbst die Julia? Einfach irre. Mira stellte sich spontan die Balkonszene vor: Romeo und Julia fallen sich um den Hals und … küssen sich!

Simon lächelte Mira an. Mira lächelte versonnen zurück. Nestroy beobachtete die beiden mit hochgestellten Ohren. Schließlich stand Simon auf. »Also, wir sehen uns dann morgen. Ich muss den Bus erreichen.«

Kurz entschlossen sprang Mira ebenfalls auf: »Ja, ich auch!«

Simon freute sich: »Na, dann können wir ja ein Stück zusammen fahren.«

Eine viel zu kurze halbe Stunde später näherte sich der Bus der Haltestelle ganz in der Nähe von Simons Haus. Mira hatte noch ein paar Stationen vor sich. Sie verabschiedeten sich. Simon stellte sich vor die Türe, um beim Anhalten gleich hinausflitzen zu können. Der Bus hielt. Simon lächelte Mira noch einmal zu und wandte sich endgültig zum Gehen. Die Türe öffnete sich. Simon stutzte:

»Oh, was in aller Welt ist denn DAS?«

Die Feuerteufel

Mit einem Satz war Mira bei Simon an der Bustüre. Da sah sie es auch: Ein Teil des Wartehäuschens an der Haltestelle war völlig abgebrannt. Die Seitenwände schimmerten schwarz vor Ruß und die ehemalige Kunststoffbank war zu einem unförmigen Klumpen aus verkohltem Plastik zusammengeschmolzen. Überall war Wasser, eine riesige Pfütze zeugte vom schnellen Einsatz der Feuerwehr. Zwei Wagen standen noch in unmittelbarer Nähe der Brandstelle.

»Wird's bald? Ich muss weiterfahren!«, brummte der Busfahrer. Entschlossen gab Mira Simon einen sanften Stoß und stieg mit ihm aus. Kurz bevor die Tür sich zischend hinter ihnen schloss, huschte Nestroy ebenfalls ins Freie. Er schaute aber reichlich ungnädig drein, als er mit allen vier Pfoten in der Löschwasserlache landete. Mit einer für ihn ganz ungewöhnlichen Schnelligkeit sprang er mit einem Riesensatz aus der Pfütze und schüttelte angewidert seine Pfoten.

Mira und Simon näherten sich der Brandstelle. Die Feuerwehrmänner waren gerade dabei, ihre Schläuche wieder einzurollen. Simon kratzte sich fragend am Kopf: »Wie kann eine Bushaltestelle so lichterloh brennen?« Mira murmelte nur: »Interessiert mich auch brennend, was da passiert ist…« Dann fragte sie laut einen der Feuerwehrmänner: »Weiß man schon etwas über die Brandstifter?«

Simon schaute sie überrascht an. Der Feuerwehrmann zuckte mit den Schultern. »Keine Ahnung. Die Polizei hat irgendeinen verkohlten Kasten mitgenommen. Schätze, die werden ihre Experten dransetzen.« Mira nickte: »Natürlich! Wann sind Sie denn hier eingelaufen?« – »Vor knapp zwei Stunden.« – »Und da brannte die Bushaltestelle noch lichterloh?« – »Und wie. Das Feuer konnte man schon von weitem sehen. Kaum zu glauben, dass eine kleine Bushaltestelle eine solche Hitze produzieren kann.« Mira bedankte sich bei dem auskunftsbereiten Feuerwehrmann und drehte sich wieder zu Simon um.

Der konnte es kaum erwarten: »He, bist du Sherlock Holmes, oder was? Wie hast du erraten, dass es Brandstifter waren? Kannst du hellsehen?«

Mira lachte: »Nö, aber nachdenken.«

Simon drängelte: »Nun komm schon, spann mich nicht auf die Folter.«

»Also schön. In der Regel zünden sich Bushaltestellen nicht von alleine an.«

»Aber wenn jemand eine brennende Zigarette in den Mülleimer geworfen hat?«

»Dann verkohlt höchstens der Müll. Der Eimer ist einen ganzen Meter von der Holzrückwand entfernt und komplett aus Blech. Da müsste schon ein Kanister Benzin drin sein, damit die Bushaltestelle Feuer fängt.«

»Und deshalb hast du vermutet, dass jemand absichtlich Feuer gelegt hat.«

»Unter anderem. Denn sonst hätte die Bushaltestelle nie so lichterloh gebrannt. Um das zu erreichen, muss wirklich Benzin oder irgendein anderes Mittel im Spiel gewesen sein.«

Simon nickte anerkennend: »Toll, wie du das alles so im Handumdrehen herausbekommen hast.«

Mira war stolz. So ein dickes Lob. Ausgerechnet von Simon. Dann erklärte sie mit betont cooler Stimme: »Ich weiß auch, dass der Brandstifter höchstpersönlich die Feuerwehr gerufen hat.«

Simon blickte entgeistert: »Wie kommst du denn darauf?«

»Überleg doch mal selbst. Vom Eingehen der Feuermeldung bis zum Ausrücken dauert es mindestens zehn Minuten. Und wenn es sich um eine unwichtige Bushaltestelle ohne Gefahr für Leib und Leben handelt, geht es bestimmt nicht schneller. Dazu kommt die Fahrzeit von der Feuerwache bis hierher. Macht insgesamt gut 20 Minuten. Selbst wenn jemand gleich nach Ausbruch des Feuers Alarm gegeben hätte, wäre die Bushaltestelle völlig abgebrannt gewesen, bevor die Feuerwehr hier eingetroffen wäre.«

»Das war aber nicht der Fall.«

»Stimmt. Also?«

»Also was?«

»Also heißt die logische Folge: Jemand hat die Feuerwehr bereits angerufen, kurz BEVOR der Brand ausbrach.«

Simon klatschte begeistert in die Hände. »Mann, genial. Du solltest Detektivin werden.«

Mira griff sich mit beiden Händen an die Hosenträger, wippte auf den Fußballen und sagte stolz: »Ich BIN Detektivin.« Als sie Simons gerunzelte Stirn sah, fügte sie hinzu: »Und ich habe schon ganz andere Fälle gelöst als diese popelige kleine Brandstiftung.«

Simon schluckte: »Schon gut. Aber kannst du mir sagen, wer am helllichten Tag ausgerechnet eine Bushaltestelle anzündet? Und kurz davor sogar noch selbst die Feuerwehr verständigt?«

Mira lächelte versonnen: »Das, mein lieber Simon, ist wirklich eine interessante Frage…«

Ein Auto hupte. Beide fuhren herum. Am Straßenrand hielt ein kleiner roter Sportwagen. Eine Frau um die 40, mit Sonnenbrille und schicken Klamotten, winkte zu ihnen herüber. Simon winkte zurück: »Hallo, Mama. Was machst du hier?«

Simons Mutter hob die Sonnenbrille an und taxierte Mira mit einem kurzen Blick. Dann nickte sie ihr kurz zu und wandte sich an Simon. »Steig ein, Junge, wir wollten doch noch einen neuen Tennisschläger für dich kaufen.« Simon zögerte. »Ich weiß nicht. Mira und ich haben gerade überlegt, wer wohl das Feuer hier gelegt haben kann.« Seine Mutter unterbrach ihn: »Simon. Wir müssen los, wenn wir vor deiner Klavierstunde zurück sein wollen.«

Simon zuckte mit den Schultern. Er schaute Mira an und verdrehte dabei die Augen. Mira zwinkerte ihm verständnisvoll zu. Als Simon zu seiner Mutter ins Auto stieg, schaute Mira den beiden seufzend nach. Da entschwand er, der absolute Traumtyp, mit seiner Traummutter im Traumauto …

Im selben Augenblick hielt ein Stadtbus direkt neben Mira. Die Türen öffneten sich zischend und eine wohl bekannte tiefe Stimme brummte: »Mira, Mädchen. Was machst du denn hier? Soll ich dich mitnehmen?«

»Oh, Papa, natürlich.«

Mira stieg ein und stellte sich direkt hinter ihren Vater. Hans-Dieter Morgenstern, Vater von acht Kindern, arbeitete seit gut zwanzig Jahren als Busfahrer bei den städtischen Verkehrsbetrieben. Mira lächelte. Gut, Papas betagter Stadtbus hatte absolut nichts mit einem italienischen Sportwagen gemeinsam. Papas Figur ähnelte gewiss nicht der von Simons Mutter. Und auch seine Klamotten waren nicht vergleichbar mit denen von Frau Vail. Aber dafür war er eben einfach Papa! Mit seiner unzerstörbar guten Laune, seinem Beschützerinstinkt und seiner lockeren Art. Mira lächelte ihm über den Innenspiegel zu. Papa zwinkerte zurück.

»Wie sieht es aus, Mira? Dies ist meine letzte Tour für heute.

Kommst du mit ins Depot? Dann fahren wir zusammen nach Hause.« Mira nickte. Das kam ihr gelegen...

Im Depot standen sechs Fahrer im Büro des Schichtleiters. Sie diskutierten mit lauten Stimmen und teilweise hochroten Köpfen, als Mira und ihr Papa den Raum betraten. Der Schichtleiter lächelte Mira zu. Auch die anderen Fahrer kannten sie und freuten sich, sie wieder einmal zu sehen. Nestroy drückte sich eng an ihre Beine. Mira begrüßte die Fahrer, bevor der Schichtleiter das Wort ergriff: »Mira, wir streiten uns gerade wegen des abgebrannten Wartehäuschens. Schon davon gehört?«

Mira nickte: »Und gesehen!«

»Prima. Du bist doch eine begabte Detektivin.« Mira winkte bescheiden ab. Miras Vater allerdings drohte dem Schichtleiter spaßhaft mit dem Zeigefinger. Doch der fuhr unbeeindruckt fort: »Was hältst du von der Sache? Bei uns gehen die Meinungen auseinander. Die einen halten es für einen Dummejungenstreich, die anderen vermuten das Werk eines Geistesgestörten. Vor allem dieses merkwürdige Bekennerschreiben...«

Mira spitzte die Ohren. »Es gibt ein Bekennerschreiben?«

Der Schichtleiter nickte. »Gesehen habe ich es auch nicht, aber die Polizei hat eines gefunden.«

»Und was stand drin?«

»Oh, der Text war wirklich kurz. Wörtlich kriege ich ihn nicht mehr hin, aber es hieß in etwa: ›Das ist erst der Anfang. Feuer reinigt von der Sünde‹ oder so ähnlich.«

Mira dachte kurz nach. »War das alles?«

Der Schichtleiter nickte. »Alles! Außer der Unterschrift.«

»Was für eine Unterschrift?«

»Die Feuerteufel.«

Mira wiederholte: »Die Feuerteufel?«

Der Schichtleiter nickte: »Ja, auch der Polizei sagt das nichts. Was meinst du also: War es ein Irrer oder eine Mutprobe von ein paar Halbstarken?«

Mira dachte nach: »Für ein endgültiges Urteil fehlen die Beweise. Aber ich würde sagen ...«

Mira hatte bemerkt, dass es mucksmäuschenstill im Büro geworden war. Alle warteten gespannt auf ihr Urteil. Entsprechend lang dehnte sie ihre künstliche Denkpause. Dann, als die Spannung bereits die Luft zum Knistern brachte, beendete sie ihren Satz:

»... weder – noch.«

Der Schichtleiter sperrte den Mund auf. Einer der Busfahrer kicherte laut. Schlagartig sprachen alle wieder durcheinander. Mira zog ihren Vater mit sich.

»Komm, Paps, zu Hause gibt es Abendessen und ich hab einen Mordskohldampf.«

Als sie kurz darauf vor dem Haus hielten und Mira die Autotüre öffnete, roch sie bereits ihr Lieblingsgericht.

»Milchreis! Es gibt Milchreis!«, rief sie und stürmte in den Hausflur. Sie wollte auf keinen Fall zu spät kommen. Denn Milchreis war nicht nur ihre Leibspeise. Auch vier ihrer sieben älteren Brüder aßen nichts lieber als das.

Wer also zu spät zu Tisch kam, der hatte nicht mehr viel zu erwarten. Obwohl es früher noch schlimmer gewesen war bei den Morgensterns. Inzwischen waren Fred und Max, die beiden Ältesten, ausgezogen. Aber auch fünf große Brüder waren noch mehr als genug.

Eine halbe Stunde später lächelten sich acht Morgensterns satt und zufrieden an.

Plötzlich sprang Frank vom Esstisch auf. Er war mit seinen 18 Jahren der Älteste, der zu Hause wohnte. Noch kauend brachte er seinen Teller zur Spüle. Papa runzelte die Stirn: »Weshalb so eilig, Sohnemann?«

Mira kicherte: »Was für eine Frage. Ich wette, Frank hat eine neue Flamme.«

Papa überging das Thema elegant: »Apropos Flamme. Habt ihr schon gehört, was heute mit dem Wartehäuschen geschehen ist?«

Alle waren noch unwissend und brennend daran interessiert, Details zu erfahren. Frank nützte die Chance, sich unauffällig zurückzuziehen. Als Papa geendet hatte, fragten Jens und Jan wie aus einem Munde: »Hat die Polizei schon eine heiße Spur?«

Papa schüttelte den Kopf: »Nein. Aber ich glaube, unsere Mira wird sich der Sache annehmen.« Er blickte zu seiner Tochter. »Oder?«

Mira zuckte mit den Schultern: »Ich weiß noch nicht. So eine popelige Bushaltestelle ist eigentlich unter meinem Niveau.« Papa grinste, Jan prustete los und Mama hob tadelnd eine Augenbraue. Mira fuhr fort: »Mal sehen, vielleicht werde ich morgen Nachmittag…«

Mama stand auf und begann, das Geschirr abzuräumen. »Morgen Nachmittag hast du Baby-Jo, Mira. Tante Elsbeth hat angerufen.«

Mira nickte. Natürlich, so war es immer. Typisch Tante Elsbeth. Immer dann, wenn Mira etwas vorhatte, brauchte sie bestimmt einen Babysitter für Baby-Jo. Doch es half nichts. Tante Elsbeth zahlte sehr gut fürs Babysitting. Und Miras dürftiges Taschengeld bedurfte eigentlich immer einer Aufbesserung.

Zoff um die Hauptrolle

Der nächste Morgen stand ganz im Zeichen der Erwartungen. Simon erwartete Mira bereits am Eingang des Schulhauses. Mathematiklehrer Flurfeld erwartete seine Klasse mit den katastrophalen Ergebnissen des Mathe-Tests und alle Mitglieder der Theatergruppe erwarteten die sechste Stunde.

Heute wollte Frau Bloomsdorf endgültig die Rollenverteilung für *Romeo und Julia* bekannt geben.

Mit Spannung erwarteten die Theaterbegeisterten im Musikraum ihre Lehrerin und Regisseurin. Simon saß zwischen Mira und Amanda Bollinger. Er tat so, als bemerke er die giftigen Blicke nicht, mit denen die beiden sich gegenseitig durchbohrten. Mira und Amanda verband seit langer Zeit eine herzliche Feindschaft. Amanda war die einzige Tochter des steinreichen Berthold Xaver Bollinger, genannt der *Schraubenkönig*. Berthold Bollinger hatte bereits in jungen Jahren als Schraubengroßhändler ein Vermögen gemacht und es seitdem geschickt vermehrt. Der alte Bollinger war mittlerweile über 60, Ehrenbürger der Stadt und mischte ganz kräftig in der Politik mit. Er wohnte zusammen mit Amandas Mutter, seiner vierten Frau, in einem richtigen Traumschlösschen am Stadtrand. Amanda war sein erstes und einziges Kind.

Dementsprechend wurde sie von ihrem Vater auch verwöhnt.

Natürlich fehlte es Amanda an nichts. Der alte Bollinger las ihr jeden Wunsch von den Augen ab. Mira war es im Grunde gleich, dass Amanda so stinkreich war. Hätte sie nur nicht ein Auge auf Miras großen Schwarm Simon geworfen. Ständig versuchte sie, Simon zu kaufen – Einladungen zu Ausflügen, Picknicks, ins Kino gab es andauernd. Außerdem war Amandas Mutter auch noch mit Simons Mama befreundet. Aber Simon tat immer so, als würde er das Offensichtliche nicht bemerken.

Immerhin hatte er noch nie so viel mit Mira gesprochen wie gestern. Es gab also noch Chancen. Vielleicht hatte Simon ja Amandas Tricks durchschaut? Obwohl sie keine Chance ausließ, um Mira in der Klasse madig zu machen.

Frau Bloomsdorf betrat den Raum und begann mit ihrem üblichen Programm. Die Rollenbesetzung erwähnte die Lehrerin jedoch mit keinem Wort. Stattdessen standen Lockerungsübungen, Stimmtraining, Gymnastik und Mimikübungen wie üblich am Anfang der Stunde.

Mira machten diese Übungen Spaß. Es war lustig, einen Partner freundlich anzulächeln, ihn gefährlich anzuknurren oder neugierig zu beäugen. Mira setzte diese Dinge nicht selten wieder in ihrer Detektivarbeit ein.

Doch plötzlich standen sich Mira und Amanda gegenüber. Frau Bloomsdorf kommandierte: »Und jetzt schaut ihr euer Gegenüber kritisch an. Beginnt euch dann zu erinnern, dass ihr die Person irgendwann schon einmal gesehen habt.«

Viel zu oft, dachte Mira.

Frau Bloomsdorf sprach weiter: »Nun erkennt ihr eine von euch sehr geliebte Person. Jawohl. Ihr freut euch. Freuen, Mira!«

Mira war zwar eine gute Schauspielerin, aber das ging zu weit. Sie fixierte Amanda weiter mit einem ebenso starren wie entschiedenen Killerblick.

»Und jetzt fallt ihr euch vor Freude um den Hals.«

Mira schaute nach links. Dort landete gerade ihre Freundin Kerstin in Simons Armen. Mira schaute nach rechts. Dort schaute Frau

Bloomsdorf sie aufmunternd an. Sie schaute nach vorne. Dort stand Amanda mit ausgebreiteten Armen und grinste fies.

»Los, Mira, du bist doch sonst nicht so!«, rief Frau Bloomsdorf. Mira seufzte und biss die Zähne zusammen, dann fiel sie Amanda um den Hals.

Beide drückten sich und Amanda zischte, für andere kaum hörbar, in Miras Ohr: »Ich spiele die Hauptrolle. Und vielleicht darfst du ja meine Zofe sein.«

Mira schaute kurz hoch, sah, dass Frau Bloomsdorf in eine andere Richtung blickte, holte aus und trat Amanda mit voller Wucht gegen das Schienbein.

»Auuuu!« Amanda ließ los und hüpfte auf ihrem unbeschädigten Bein herum.

Frau Bloomsdorf fuhr herum: »Was ist los?«

Mira lächelte unbeteiligt, Amanda fluchte: »Diese blöde Kuh hat mir das Bein gebrochen.«

Frau Bloomsdorf fixierte Mira: »Stimmt das?«

Mira schüttelte den Kopf und antwortete mit treuherziger Miene: »Wir sind wohl irgendwie ungünstig zusammengeprallt. Bestimmt haben wir uns zu sehr in die Rolle hineinversetzt. Vielleicht war ich deshalb ein wenig zu stürmisch.«

Frau Bloomsdorf kratzte sich verunsichert am Kinn. Amanda kochte vor Wut, aber offensichtlich war der körperliche Schaden eher gering. Also entschied die Lehrerin, großzügig über die Sache hinwegzusehen. Sie klatschte in die Hände und rief: »Setzt euch, Kinder. Jetzt kommen wir zur Rollenverteilung.«

Blitzschnell herrschte Ruhe in der Theatergruppe. Frau Bloomsdorf machte es spannend. Sie verteilte zuerst die Nebenrollen, sodass am Ende nur die sechs wichtigsten Rollen von Romeo,

Julia und ihren Eltern übrig blieben. Frau Bloomsdorf räusperte sich.

»Nun, ich habe mich rasch entscheiden können, was den Romeo angeht. Ich denke, ihr werdet mir alle zustimmen, wenn wir Simon bitten, die Rolle zu übernehmen.«

Spontaner Applaus kam aus der Gruppe. Simon war eben überall gleichermaßen beliebt, bei den Jungs wie bei den Mädchen. Simon lächelte freundlich in die Runde. Mira klatschte besonders lange, auch als alle anderen bereits aufgehört hatten. Als es ihr auffiel, schluckte sie und versteckte ihre Hände schnell hinter dem Rücken. Dort drückte sie sich unauffällig die Daumen. Hoffentlich klappte es und sie wurde die Julia.

Amanda warf Simon eine Kusshand zu, der lächelte etwas irritiert zurück. Dann fuhr Frau Bloomsdorf fort: »Stefan wird Romeos Papa und Tobias spielt den Vater von Julia. Nun aber zur weiblichen Hauptrolle.«

Amanda ließ Frau Bloomsdorf nicht aus den Augen. Mira schloss die ihrigen, weil sie es vor Spannung kaum noch aushalten konnte. Frau Bloomsdorf räusperte sich:

»Diese Entscheidung ist wirklich schwer. Ich wüsste mindestens zwei von euch, die ohne weiteres für diese Rolle geeignet wären. Wer also soll sie spielen? Amanda …«

Amanda konnte ihren Freudenschrei nicht unterdrücken. Mira öffnete entsetzt die Augen. Aber Frau Bloomsdorf hob die Hand.

»… Amanda wäre sicher eine gute Julia, nur hat sie den Hang dazu, die Gesten zu übertreiben. Mira ist eine besonders talentierte Schauspielerin – wie wir alle wissen. Aber sie ist fast ein wenig zu klein für diese Rolle. Ich muss also gestehen, dass ich mich noch nicht endgültig entscheiden konnte.«

Mira verdrehte die Augen. Sollte der Nervenkrieg also noch weitergehen. Sie fragte: »Und wann werden Sie sich entscheiden?«

Frau Bloomsdorf antwortete: »Bald. Sehr bald. Bis dahin möchte ich euch beide bitten, Julias Rolle im 2. Akt, 2. Szene einzuüben. Wir machen ein echtes Casting.«

Amanda unterbrach: »Casting? Was ist denn das?« Mira grinste: »Vorsprechen. Casting heißt das beim Film.«

Frau Bloomsdorf lobte: »Stimmt, Mira. Wir machen also ein Casting. Ihr spielt beide dieselbe Szene und dann werden wir wohl oder übel entscheiden müssen. Schließlich haben wir bald schon Vorstellung…«

Amanda beeilte sich zu versichern: »Das können wir auch gleich machen. Ich habe den ganzen Text der Rolle bereits gelernt.«

»Ich auch«, fügte Mira hinzu. Aber Frau Bloomsdorf blieb bei ihrer Entscheidung. »Übermorgen. Bis dahin könnt ihr ruhig noch etwas üben. Und jetzt ist Schluss für heute.«

Eine Viertelstunde später schlenderten Simon und Mira zusammen zur Bushaltestelle. Ein flottes Auto überholte sie. Mira seufzte: »Da rauscht sie hin, unsere strahlende Amanda…« Simon nickte: »Keine Bange. Ich bin mir sicher, du bekommst die Hauptrolle.«

»Schön wär's, auch wenn ich noch keine Ahnung habe, wie ich dann an ein Kostüm kommen soll.«

»Wieso?«

»Na, wir müssen unsere Kostüme doch selber kaufen. Und du weißt ja, wie edel die Julia aussehen muss. Keine Ahnung, wie ich so ein Ding bezahlen soll.«

»Ja, können deine Eltern nicht?«

Mira schüttelte den Kopf: »Witzbold. Die haben acht Kinder mit einem Busfahrergehalt durchzufüttern. Da sind solche Extrawürste nicht drin.«

Simon dachte kurz nach, dann grinste er. »Na, dann musst du deinen Kater einfach noch ein paar Mal auf den Baum jagen.«

Mira lachte, dann knuffte sie Simon in die Seite. »Oder dich, das bringt wahrscheinlich mehr.«

Der Bus rollte heran.

Simon tat so, als würde er sich mit letzter Kraft an einem Ast festhalten und deklamierte: »Oh Hilfe, zu Hilfe. Hat denn niemand den Mut, einen armen Schüler vor dem sicheren Tod zu retten?«

Einige Passanten drehten sich um. Mira und Simon lachten. Die Bustüre öffnete sich.

Miras Vater saß am Steuer: »Na, Schule muss aber lustig sein!«

Redaktionsgeflüster

Wie so oft wartete Nestroy bereits an der Bushaltestelle auf Mira, obgleich er ein viel beschäftigter Kater war.

Als die beiden zur Wohnungstüre hereinstürmten, rief Mama aus der Küche: »Wie war es, Mira, hast du die Hauptrolle?«

Mira warf Schultasche und Jacke von sich und flitzte an den Küchentisch. »Mann, hab ich einen Hunger. Ich könnte einen Bären verspeisen.«

Ihre Mutter lachte: »Nun, Bär steht heute nicht auf der Karte, aber Nudelauflauf…«

»… mit…?«

»… Schinken. Jawohl. So wie du ihn magst… Es war also nichts mit der Hauptrolle?«

»Wie kommst du darauf?«

»Wenn du meine Fragen so überhörst, dann sind sie dir unangenehm, Tochterherz.«

»Na ja, sagen wir mal so: Ich bin in der engeren Auswahl.«

»Aha. Und wie viele sind in der engeren Auswahl?«

»Zwei.«

»Lass mich raten: Deine Konkurrentin heißt Amanda Bollinger?«

»Stimmt.«

»Und wann fällt die endgültige Entscheidung?«

»Übermorgen. Da müssen wir beide eine Szene vorspielen. Gleich nach dem Essen will ich üben.«

»Gleich nach den Hausaufgaben, wolltest du sagen.«

»Wollte ich das?«

Mama grinste und machte sich an der Spüle zu schaffen. Der Rest der Familie hatte bereits gegessen und entsprechend groß war der Berg von dreckigem Geschirr.

Mira futterte in Rekordgeschwindigkeit. Als sie aufstehen wollte, erinnerte Mama sie: »Du denkst an Tante Elsbeth?«

»Oh, ach ja. Äh, wann?«

Mama lachte: »Du sollst um zwei Uhr dort sein. Sie hat gerade noch mal angerufen. Baby-Jo freut sich schon auf dich. Du kannst ihn ja mit hierher nehmen, wenn es dir in Tante Elsbeths Wohnung zu langweilig ist.«

»Mal sehen, jetzt mache ich erst mal meine Hausaufgaben.«

Mira und Nestroy zischten in ihr Zimmer. Dort fischte Mira sich das Textheft von *Romeo und Julia* vom Regal, stellte sich in Positur und begann:

»Du weißt, die Nacht verschleiert mein Gesicht,
sonst färbte Mädchenröte meine Wangen
um das, was vorhin du mich sagen hörtest.
Gern hielt' ich streng auf Sitte, möchte gern
verleugnen, was ich sprach:
doch weg mit Förmlichkeit!
Sag, liebst du mich?...«

Mira unterbrach: »Nun, Nestroy, wie war ich?« Nestroy gähnte. Mira brummte: »Zu langweilig? Etwas mehr Power gefällig. Also schön.« Mira las noch einmal. Diesmal verschwand Nestroy maunzend unter ihrem Bett. Mira bückte sich und schimpfte: »Soooo schlecht war ich doch auch wieder nicht. Du bist schon ein toller Kumpel. Statt mir Mut zu machen und mich zu unterstützen, drückst du mir's rein.«

Plötzlich ging die Türe auf, Mira zuckte hoch und schlug sich dabei den Kopf am Bettgestell an. Im Türrahmen stand ihr Bruder Julius. »Hey, Mira, kann ich heute Mittag deinen Kassettenrekorder haben? Meiner ist hinüber.«

Mira schimpfte: »Sag mal, kannst du nicht anklopfen, bevor du das Zimmer einer Dame betrittst?«

Julius lächelte: »Ich klopfe immer an, WENN ich das Zimmer einer DAME betrete.«

»Was wolltest du damit sagen?«

»Na, dass ich deinen Kassettenrekorder will. Wir schreiben morgen eine Mathe-Arbeit und ohne Musik kann ich nicht lernen.«

Mira zögerte nur kurz, dann fiel ihr ein, dass sie heute ohnehin bei Tante Elsbeth als Babysitterin angestellt war.

»Also schön. Aber heute Abend bekomme ich ihn wieder. Versprochen?«

»Heiliges Pfadfinderehrenwort.«

»Du bist kein Pfadfinder.«

»Na schön, dann heiliges Bruderehrenwort.«

Mira rollte die Augen und drückte ihm den Rekorder in die Hand. »Hau bloß ab, bevor ich es mir anders überlege.«

Das ließ sich Julius nicht zweimal sagen. Mira schaute auf die Uhr und beschloss, mit den Hausaufgaben wenigstens noch anzufangen, bevor sie zu Tante Elsbeth musste.

Eine knappe Stunde später stand sie mit Nestroy vor der vornehmen Jugendstilvilla, in der Tante Elsbeths Familie wohnte. Drinnen hörte sie den kleinen Joachim, den alle nur Baby-Jo nannten. Der aufgeweckte knapp Zweijährige hatte von morgens bis abends nur Unsinn im Kopf. Tante Elsbeth hatte schon viele Babysitter gehabt. Aber einzig und allein Mira kam mit dem Jungen klar. Kein Wunder also, dass Tante Elsbeth fürstliche Honorare zahlte. Seit Mira ein- bis zweimal in der Woche nach Baby-Jo schaute, war sie das reichste Kind im Hause Morgenstern.

Tante Elsbeth stand bereits im Mantel hinter der Türe. Sie drückte Mira einen Kuss auf die Wange und flötete: »Viel Spaß, ihr beiden, ich muss jetzt los. Baby-Jo spielt in der Küche.«

Mira konnte gerade noch ein »Hallo« loswerden, schon war Tante Elsbeth weg. Mira drehte sich um und lauschte. Aus der Küche drang kein Geräusch. Das musste sie ausnutzen. Schnell stürzte Mira ans Telefon. Holgers Nummer kannte sie auswendig.

Am anderen Ende klingelte es. Das war ein gutes Zeichen. Nach dem fünften Klingeln wurde abgehoben. Eine weibliche Stimme meldete sich. *»Morgenpost*, Lokalredaktion. Apparat Grünberg.«

»Oh. Ich wollte eigentlich Herrn Grünberg sprechen.«

»Mira, bist du es? Hier spricht Petra.«

Mira lächelte. Petra, Holgers Kollegin und Freundin, war wirklich nett. Sie war Fotografin bei der *Morgenpost* und schoss die schärfsten Bilder.

Mira hörte ein leises Scheppern aus der Küche. Es wurde langsam Zeit, mal einen Blick auf Baby-Jo zu werfen. Sie drängte: »Hallo, Petra. Ist Holger da?«

»Schon. Aber er spricht gerade mit dem Chef vom Dienst.«

»Mist.«

»Ist es wichtig? Ach warte. Ich kenne meinen Holger. Du bist für ihn immer wichtig. Bleib dran.«

Mira wartete eine endlose Minute, während das Scheppern in der Küche lauter wurde. Endlich kam Holger an den Apparat.

»Hallo, Mira, was machen die Feuerteufel?«

Mira schluckte. Holger war einfach zu clever. Er wusste genau, dass Mira sich meist dann bei ihm meldete, wenn ein interessanter Fall im Anmarsch war. Und was war zur Stunde interessanter als das abgebrannte Wartehäuschen? Mira musste lächeln.

»Also eigentlich wollte ich dich heute Nachmittag mal kurz besuchen. Einfach so. Aber wenn du unbedingt mit mir über die Feuerteufel reden willst. Bitte.«

Holger lachte: »Klar, komm vorbei. Am besten so in einer Dreiviertelstunde. Dann bin ich mit dem Chef vom Dienst durch und hab ein wenig Zeit vor der Abendkonferenz.«

»Gebongt.«

Mira legte auf. Keine Sekunde zu früh. Denn aus der Küche drang ein fürchterlicher Schrei und kurz darauf ein ohrenbetäubendes Scheppern. Mira stürzte los.

In der Küche war das Chaos perfekt. Baby-Jo hatte Nestroy am Schwanz erwischt. Der schrie jämmerlich und versuchte, sich loszureißen. Doch ohne Erfolg. Stattdessen fegte er unzählige Töpfe und Schüsseln über den Boden, die Baby-Jo zuvor ausgeräumt hatte.

Mira schrie: »Lass los, Baby-Jo!«

Vor Schreck zuckte der kleine Kerl zusammen. Er ließ Nestroy los, der blitzschnell auf die Küchenplatte sprang. Dort war er vor weiteren Angriffen sicher. Mira fluchte und begann zähneknirschend mit den Aufräumarbeiten.

Eine Viertelstunde später war die Küche saniert. Wie durch ein Wunder war nur eine ältere Glasschüssel zu Bruch gegangen.

Mira machte sich zusammen mit Baby-Jo und Nestroy auf den Weg zur Redaktion der *Morgenpost*. Holger wartete.

Holger Grünberg war Lokalreporter bei der *Morgenpost* und ein alter Freund von Mira. Zusammen hatten die beiden schon mehr als einen spannenden Fall geknackt. Holger hatte Mira schon manches Mal aus einer ausweglosen Situation geholfen – und dabei oft eine Story bekommen, um die ihn seine Kollegen bei der Zeitung beneideten.

Mira eilte mit Baby-Jo in den zweiten Stock, wo die Lokalredaktion saß. Mira sah Holger bereits, als sie aus dem Fahrstuhl trat. Bei der *Morgenpost* gab es noch ein richtiges Großraumbüro. Überall standen Schreibtische verstreut. Viele davon bis zur Unkenntlichkeit mit Zeitungen und Akten voll gestapelt. Nur der Chef vom Dienst hatte einen eigenen kleinen Glaskasten. Holger und seine Kollegen nannten ihn scherzhaft das *Aquarium*.

Holger saß konzentriert und bewegungslos vor seinem Bildschirm. Er hörte Mira nicht kommen. Sie bedeutete Baby-Jo mit dem Finger, den Mund zu halten, und schlich sich an. Dann erhob sie ihre Stimme zu theatralischer Lautstärke:

»Du weißt, ein Heil'ger pflegt sich nicht zu regen, auch wenn er eine Bitte zugesteht.«

Im gesamten Büro wurde es still. Holger drehte sich nicht um. Stattdessen antwortete er:

»So reg dich, Holde, nicht, wie Heil'ge pflegen, derweil mein Mund dir nimmt, was er erfleht.«

Mira staunte: »Du kennst den Text?«

Holger gab seinem Drehstuhl einen Schwung und drehte sich zu ihr um. »Mira, ich bin zwar Journalist, aber trotzdem ein gebildeter Mensch. Vor einer halben Ewigkeit war ich in der Schultheatergruppe der Romeo.«

Mira musterte Holger von oben bis unten. Plötzlich ertönte hinter ihr Petras Stimme: »Das kann ich mir denken.«

Holger zuckte zusammen. Petra begrüßte Mira: »Hallo. Ich hoffe nur, dein Romeo ist etwas pflegeleichter als meiner.« Sie beugte sich zu Holger hinab und gab ihm einen Kuss: »Die Bilder von der Stadionbaustelle habe ich im Kasten. Brauchst du sie heute noch?«

Holger schüttelte den Kopf. »Morgen Vormittag reicht.«

Petra war zufrieden: »Na, dann werde ich euch beide mal nicht weiter bei eurem detektivischen Gedankenaustausch stören. Ich hab noch einen Fototermin im Rathaus. Ciao.«

Holger wandte sich wieder an Mira: »Wie heißt er?«

»Wer?«

»Na, dein Romeo.«

Mira schluckte. »Simon. Simon Vail.«

»Und du spielst die Julia?«

»Vielleicht.«

Holger runzelte die Stirn. »Vielleicht? Was heißt das?«

Mira erzählte es ihm. Holger pfiff durch die Zähne. »Amanda Bollinger. Die einzige Erbin des Bollinger-Imperiums. Viele würden was darum geben, sie zur Freundin zu haben. Und du suchst sie dir als Feindin aus?«

»Ich hab sie mir nicht ausgesucht.«

»Okay. Kommen wir zur Sache. Du witterst einen Fall. Stimmt's?«

Mira zuckte mit den Schultern. »Ich weiß nicht. Noch nicht. So eine popelige Bushaltestelle ist eigentlich nicht ganz mein Niveau.«

Holger lachte: »Abwarten. Mein journalistischer Instinkt sagt mir, dass da mehr dahinter steckt. Wo habe ich denn nur ...«

Holger wühlte in dem Berg von Unterlagen auf seinem Schreibtisch.

»Da sind sie ja. Hör zu! Nach den Erkenntnissen der Polizei begann das Feuer gegen 14.30 Uhr, kurz nachdem der Linienbus die Haltestelle passiert hatte. Ausgelöst wurde es durch eine Art Brandbombe. Ob sie einen Zeitzünder hatte oder ferngesteuert war, weiß noch niemand. Und bereits fünf Minuten später traf die Feuerwehr ein.«

Mira unterbrach ihn. »Das heißt, sie wurde bereits VOR der Zündung der Brandbombe alarmiert.« Holger staunte: »Nicht schlecht, Mira, wirklich nicht schlecht. In der Tat. Der Anruf, natürlich war er anonym, erfolgte um 14.21 Uhr.«

»Finger weg, Baby-Jo.« Mira verhinderte gerade noch, dass ihr Cousin den Netzstecker von Holgers Computer aus der Steckdose zog.

Holger grinste. Mira drehte sich um und drängelte: »Du siehst, ich habe keinen Nerv für lange Diskussionen. Was ist mit dem Bekennerschreiben?«

»Woher weißt du davon?«

Jetzt war es an Mira, zu grinsen. »Sagen wir einfach, ich habe da so meine Informationskanäle.«

Holger nickte wissend: »Also schön. Einige Meter vom Brandherd entfernt, wurde ein Umschlag, an einen Baum geheftet, gefunden. Neutral. Offensichtlich ohne Fingerabdrücke. Der kurze Text lautete: ›Ihr lebt in Sünde und nur Feuer kann euch reinigen. Dies ist das erste Zeichen. Die Feuerteufel.‹«

Mira dachte nach. »Hört sich an wie religiöse Spinner. Hat die Polizei schon mal was von denen gehört?« Holger schüttelte den Kopf.

»Mmmh. Und du?«

Holger schüttelte wieder den Kopf.

Mira munterte ihn auf: »Wer auch immer sich hinter den Feuerteufeln verbirgt, wir werden wieder von ihnen hören.«

Holger wurde nachdenklich: »Ich hoffe nur, dass auch dann niemand zu Schaden kommt.«

Baby-Jo zog Mira schreiend in Richtung Fahrstuhl: »Mama dehn! Mama dehn!«

Mira wurde ein Stück weiter Richtung Ausgang gezerrt. »Ich glaube nicht.«

»Was glaubst du nicht?

»Na, dass jemand zu Schaden kommt.«

»Warum?«

»Ich würde wetten, die Polizei stellt fest, dass das Ding ferngesteuert wurde.«

Holger beugte sich vor: »Wie kommst du darauf?«

Baby-Jo hatte jetzt wirklich genug, er zog heftig an Miras Hand und quiekte dabei noch ungeduldiger. Mira folgte ihm widerstrebend zum Fahrstuhl. Im Gehen lächelte sie Holger an: »Ich glaube nicht, dass es Zufall war, dass der Brandsatz zündete, als gerade niemand an der Bushaltestelle war. Schließlich war der Bus gerade abgefahren.«

Holger war nicht überzeugt. »Jeder, der den Fahrplan kennt, kann eine Schaltuhr entsprechend einstellen.«

Mira lachte: »Und jeder, der die Unpünktlichkeit unserer Verkehrsbetriebe kennt, weiß, dass das nicht funktioniert.«

Holger brummelte: »1:0 für dich.«

»Außerdem hast du berichtet, dass der Umschlag ganz offen an einem Baum hing. Hätte er länger dort gehangen, wäre er gewiss schon früher entdeckt worden. Zumindest war das Risiko für die Täter zu groß. Also hat ihn jemand erst kurz vor der Tat angebracht. Jemand, der dann auch kurz darauf den Auslöser betätigt hat.«

Holger nickte anerkennend: »2:0.«

Mira war in der Zwischenzeit beim Fahrstuhl angekommen. »Tschüss, Holger. Schufte nicht so lange. Ich glaube, Petra wartet.«

Die Fahrstuhltüre öffnete sich. Mira huschte mit Baby-Jo hinein.

Holger stand auf und rief Mira nach: »Kann ich davon ausgehen, dass du mir bei der Sache ein wenig zur Hand gehst?«

Mira lächelte.

Holger setzte nach: »Oder mich zumindest informierst, wenn dir noch was auffällt?«

Mira zwinkerte Holger kurz mit dem rechten Auge zu. Dann schloss sich die Fahrstuhltüre.

Das Ende der Eiche

»Jetzt. Los, komm schon. Hier. Hieeer! Hieeeeeerher zu mir!« Mira blieb stehen und fluchte. »Jetzt hat dieser Trottel schon wieder nicht abgespielt.«

Simon klopfte ihr lachend auf die Schulter: »Reg dich nicht auf. Ist ja nur ein Spiel.«

Mira brummelte: »Und wir werden es verlieren, nur weil der dumme Hund meint, er sei der einzige Spieler auf dem Platz.«

Das Match ging weiter. Wenig später stand Simon zum Einwurf am Rand des improvisierten Spielfeldes. Er holte gerade aus, als hinter ihm eine Stimme säuselte: »Oh Simon, es ist eine wahre Freude, dir zuzuschauen.« Simon drehte sich um. Hinter ihm stand Amanda, begleitet von zwei ihrer Freundinnen. Simon schluckte, sagte aber nichts, dann warf er den Ball ein – direkt vor Miras Füße. Die nutzte ihre Chance, dribbelte los. Um den ersten, den zweiten, schließlich den dritten Gegenspieler. Wenige Meter vor dem Tor zog sie ab und »Tooooooor!« Mira riss die Faust hoch. Es stand 2:2. Beide Tore für ihre Mannschaft hatte Mira eingesackt. Neben Simon tauchte einer seiner Mannschaftskollegen auf: »Die hat was auf dem Kasten als Kickerin.« Simon schmunzelte: »Nicht nur als Kickerin.«

Langsam ging es auf die Halbzeit zu. Hier, mitten im alten Stadtpark, lag eine der wenigen Spielwiesen der Stadt. Im Sommer wurde hier jeden Nachmittag bis zum Einbruch der Dunkelheit gekickt und gekämpft – oft auch noch darüber hinaus. So wie heute. Mira, eine begnadete Fußballerin, war in ihrem Element. Seit sie sich um die Hauptrolle als Julia bemühte, übte sie fast täglich. Und war deshalb kaum zum Spielen gekommen. Heute entspannte sie sich ausnahmsweise bei einem kernigen Match. Sie warf einen kurzen Blick hinüber zu dem majestätischen Baum. Im Schatten der über 300 Jahre alten Luther-Eiche, hinter der sich ein Flüsschen in sanften Biegungen durch den Park schlängelte, saßen sonst immer zahlreiche Zuschauer: Freunde, Eltern, Großmütter und Rentner, die sich einfach daran freuten, die Jugend so herumtollen zu sehen.

Heute standen dort nur ein kleiner, dicker Mann im Trenchcoat und Amanda mit ihren Freundinnen. Oben, auf einem der starken Äste, rund drei Meter über dem Boden, hatte es sich auch Nestroy gemütlich gemacht.

Nestroy, eigentlich Johann Nepomuk Nestroy III., war der Abstammung nach alles andere als ein Straßenkater. Auch wenn er es liebte, in alten Mülltonnen zu wühlen. Sein Vater hatte ein halbes Dutzend Trophäen bei nationalen Rassekatzenausstellungen gewonnen, sein Großvater war Hauskatze in einem der reichsten Häuser der Stadt. Mit Mira verband ihn eine enge Freundschaft, seit sie ihn als kleines Katzenkind vor dem sicheren Tod gerettet hatte. Seitdem lebte Nestroy bei den Morgensterns – wenn er nicht in den Straßen der Stadt unterwegs war. Er liebte seine Freundin Mira. Und was die Lebensrettung anging, so hatte sich Nestroy bis heute schon mehr als einmal revanchiert. Adel verpflichtet eben.

Nun also räkelte sich der Kater in der angenehm warmen Nachmittagssonne. Der dicke Mann ging gemütlich schlendernd über einen der Parkwege davon, ohne sich umzuschauen.

Es raschelte in einem Gebüsch, rund 20 Meter vom Baum entfernt. Jetzt schoben sich einige Zweige beiseite und das Gesicht eines Mannes lugte vorsichtig daraus hervor. Er blieb unbeobachtet. Der Mann im Gebüsch fummelte an einer schuhkartongroßen Kiste herum. Dabei schaute er immer wieder hektisch zu Amanda und ihren Freundinnen hinüber, die drei Meter unter Nestroy am Eichenstamm lehnten und das Spiel beobachteten.

Schließlich zischte Amanda ihren Freundinnen zu: »Kommt, wir gehen. Hier ist es mir zu langweilig. In einer halben Stunde eröffnet die neue Boutique *Celine* in der Innenstadt. Ich hab von Papa eine Einladung bekommen. Lasst uns hingehen. Die haben angeblich absolut scharfe Klamotten.«

Amanda klopfte auf ihre Jackentasche. »Und ich habe Papas Kreditkarte.«

Langsam schlenderten die drei davon. Der Mann im Gebüsch fummelte noch immer an seinem Karton herum. Niemand außer den Fußballspielern und einem Rentner am anderen Ende des Spielfeldes war zu sehen. Gerade jetzt passierte am anderen Spielfeldrand ein Foul. Ausgerechnet Mira wurde von einem Gegenspieler übel zu Fall gebracht.

Niemand sah, dass der Mann im Gebüsch an seiner kleinen Kiste einen Schlüssel drehte und gleich darauf entschlossen einen roten Knopf drückte. Niemand hatte bisher die ähnlich große Kiste bemerkt, die mit Klebeband an einem Benzinkanister befestigt war und, nur wenige Meter von Nestroys Platz entfernt, in einer Astgabel lag.

Das Letzte, was Nestroy bewusst wahrnahm, war ein heller Blitz, der plötzlich aus dem Nichts zu kommen schien. Dann wurde es schlagartig still um ihn.

Den Lichtschein sah auch Mira, trotz ihres schmerzenden Knöchels. Dem Blitz aus der alten Eiche am Spielfeldrand folgte augenblicklich ein lauter Knall. Und schlagartig stand der Baum in Flammen. Einige der Kinder erstarrten. Andere wichen in panischem Schreck zurück, denn die Funken flogen bis weit auf das Spielfeld.

Mira jedoch erfasste die Situation in Sekundenschnelle. Wie in Zeitlupe sah sie, dass trotz der hell auflodernden Stichflamme kein Mensch ernsthaft in Gefahr war. Alle Fußballer befanden sich in der am weitesten entfernten Spielfeldhälfte. Unter der Eiche standen heute keine Zuschauer. Doch dann drohte Miras Herz für eine Sekunde auszusetzen: Vom untersten Ast fiel ein brennendes Bündel auf den Boden.

»Nestroooooooy«, schrie Mira und spurtete trotz ihres schmerzenden Knöchels los. Sofort schoss ein unsäglicher Schmerz durch ihren Fuß, aber Mira schleppte sich eisern weiter. Während alle anderen versuchten, der Gefahr zu entkommen, trat auch Simon ihr entgegen und folgte Mira. Je näher die beiden der brennenden Eiche kamen, desto größer wurde die Hitze. Mira stürzte auf das leblose Bündel zu, das, nur wenige Meter vom Stamm entfernt, auf dem Rasen lag. Nestroys Fell brannte an mehreren Stellen.

Mira kniete nieder, versuchte, die Flammen mit der Hand zu ersticken, doch Simon riss sie zurück. Er zog sich sein T-Shirt über den Kopf und begann, die Flammen damit auszuklopfen. Beiden brannte es von der Hitze des Feuers beinahe die Haut vom Leibe. Schließlich hielt Simon inne. Nestroys Fell glühte noch. Als Nestroy sich noch immer nicht rührte, schleppte sich Mira mit ihm zum Flüsschen.

Mira lief wie in Trance. Sie spürte weder ihren schmerzenden Knöchel noch dass Nestroys Fell langsam ihre Hand versengte. Eine Rauchfahne hinter sich herziehend, erreichte sie schließlich das flache Ufer. Ohne auch nur eine Sekunde lang innezuhalten, schlurfte sie ins Wasser. Weiter, immer weiter, bis sie schließlich bis zur Brust im Wasser stand. Die Glutherde in Nestroys Fell erloschen.

Dabei erwachte Nestroy aus seiner Ohnmacht. Er fauchte,

knurrte und kratzte sogar. Doch Mira ließ ihn nicht los. Schließlich ging sie zum Ufer zurück. Dort wartete Simon, doch sie bemerkte ihn nicht. Sie sah auf den Boden und streichelte Nestroy, der leise vor sich hin wimmerte.

So saß sie noch, als Minuten später Feuerwehr und Krankenwagen eintrafen. Zwei Sanitäter kümmerten sich um Mira und Nestroy. Wenig später waren beide fachmännisch verarztet.

»Hast du eine Ahnung, was das war?« Mit dieser Frage holte Simon Mira wieder in die Wirklichkeit zurück.

Mit grimmig entschlossener Miene stand Mira auf. »Das kannst du wohl sagen.« Dann stapfte sie zu der alten Eiche, die größtenteils nur noch aus verkohltem Holz bestand. Die Feuerwehr hatte ebenso schnelle wie gründliche Arbeit geleistet. Der Boden um die Eiche stand tief unter Wasser und nirgendwo schwelte es mehr. Auch einige Polizisten standen herum. Mira ging an die Eiche heran, wurde aber von einem uniformierten Polizisten gestoppt. »Entschuldigung, Kleine, hier kannst du nicht weiter.«

Mira fixierte den Polizisten mit einem Blick, der ihm das Blut in den Adern gefrieren ließ. Langsam drehte sie sich einmal um ihre eigene Achse und schaute sich suchend um. Den Mann in Zivil, der nun auf sie zukam, würdigte Mira keines Blickes. Sie starrte weiter in das lichte Wäldchen um die verkohlte Eiche. Plötzlich ging sie schnellen Schrittes zu einem rund zwanzig Meter entfernten Baumstamm. Der Mann in Zivil folgte ihr eilig.

Der Mann holte sie ein, er folgte ihrem Blick und erstarrte. Ein kleiner weißer Umschlag war in Augenhöhe an den Stamm geheftet.

»Nicht anfassen. Da können Fingerabdrücke drauf sein!«

Mira lachte leise auf: »Das glauben Sie?«

Der Mann zuckte mit den Schultern. Miras Hand schnellte vor und riss den Umschlag vom Stamm, bevor er reagieren konnte. Mira öffnete das Kuvert und betrachtete den Zettel, der darin steckte:

»Das zweite Zeichen ist gegeben. Und als der Herr die Sünde sah, sandte er das Feuer auf die Seinen. Das nächste Zeichen wird NICHT vergessen werden. Die Feuerteufel«

Der Mann hinter Mira pfiff durch die Zähne. Mira drehte sich um. »Mein Name ist Harman, Hauptkommissar Christian Harman. Und wie heißt du?«

Mira schaute dem Kommissar einige Zeit in die Augen, bevor sie ihm den Brief reichte: »Mira. Mein Name ist Mira Morgenstern.«

»Oh, sieh mal einer an. Vor dir hat man mich bereits gewarnt.«

Mira musste lächeln. Sie nickte. Kommissar Harman nahm den Umschlag samt Brief entgegen: »Dann stimmt es also, was meine Kollegen mir erzählt haben.«

Mira war neugierig geworden: »Es kommt darauf an, WAS man Ihnen erzählt hat.«

»Nun, ich habe gehört, du seist der Polizei immer einen Schritt voraus.« Kommissar Harman grinste: »So wie heute.«

Simon kam jetzt heran. Auf dem Arm trug er den verbundenen Nestroy. Der Kommissar nickte hinüber zu den beiden: »Deine Katze?«

Mira nickte. Harman legte ihr die Hand auf die Schulter: »Tut mir Leid. Aber verlass dich darauf, wir werden die Schurken schon zur Strecke bringen.«

Mira schüttelte entschieden den Kopf. »Nein! Die Feuerteufel haben um ein Haar Nestroy getötet. Das war ein Fehler. Ich werde sie finden. Und dann …«

»Was dann?«

Mira dachte kurz nach. Dann lächelte sie: »Dann werde ich sie Ihnen bringen.«

Kommissar Harman war mit der Antwort nicht zufrieden. Er legte einigen Nachdruck in seine Stimme: »Mira, ich habe in meinen wenigen Amtswochen hier schon viel von deinen sensationellen Leistungen gehört. Aber lass dir eines gesagt sein: Die Feuerteufel sind eine Nummer zu groß für kleine Schulmädchen. Das ist unsere Sache. Und du kommst mir dabei nicht in die Quere? Verstanden?«

Harman drehte sich abrupt um und ging. Eine Weile war es still. Mira schaute ihm nach. Simon stand neben ihr und ließ sich Nestroy wortlos abnehmen.

»Mira, ich muss jetzt gehen. Aber wenn ich dir noch irgendwie helfen kann …«

»Danke, Simon. Wirklich danke. Aber ich glaube, ich schaffe es alleine.«

Beide gingen auf getrennten Wegen davon.

Bald saß Mira zu Hause auf ihrem Bett. Nestroy schlummerte friedlich neben ihr. Vorsichtig strich sie über seinen mitgenommenen Katzenkörper. Für Mira war die Sache entschieden. Wer immer die Feuerteufel waren, sie würde ihnen einheizen. Gleich morgen würde die Jagd beginnen. Direkt nach der Theater-AG. Mira seufzte.

Morgen würde entschieden, wer die Julia spielte. Sie oder Amanda. Mira schaute auf die Uhr. Es war spät. Zeit, schlafen zu gehen. Der morgige Tag würde anstrengend werden. Und wer wusste schon, was die kommenden Nächte bringen würden. Aus Erfahrung wusste Mira, dass Detektivarbeit nur allzu oft nachts stattfand.

Mira zog sich aus, wusch sich, schlüpfte in ihr Nachthemd

und kuschelte sich vorsichtig an ihren geliebten Kater. Nestroy schnurrte. Vorsichtig griff Mira nach dem Textheft auf ihrem Nachttisch. Dann begann sie leise zu lesen, um Nestroy nicht zu wecken:

»Du weißt, die Nacht verschleiert mein Gesicht, sonst färbte Mädchenröte meine Wangen…«

Die Entscheidung

Frau Bloomsdorf betrat den Raum. Die aufgeregte Stimmung verwandelte sich schlagartig in erwartungsvolle Stille. Frau Bloomsdorf schaute in die Runde. Sie seufzte: »Da ich euch kenne, glaube ich, es ist am besten, wenn wir die Sache mit der weiblichen Hauptrolle gleich hinter uns bringen.«

Eisiges Schweigen in der Gruppe. Frau Bloomsdorf nahm es zur Kenntnis. »Also schön. Mira, Amanda, habt ihr euch beide vorbereiten können?«

Beide nickten. Frau Bloomsdorf deutete auf Miras bandagierte Hand. »Und was ist das?«

Mira schaute auf ihre Hand, als hätte sie den Verband erst jetzt bemerkt: »Oh, das ist gar nichts.«

Frau Bloomsdorf blieb kritisch: »Ist das bis zur Vorstellung erledigt? Oder dauert es länger?«

Mira schüttelte eifrig den Kopf. Frau Bloomsdorf klatschte in die Hände: »Also, wer fängt an?«

Amanda stürzte nach vorne und rief mit entschiedener Stimme: »Ich!«

Frau Bloomsdorf schaute Mira an und sah, dass sie nickte. Frau Bloomsdorf wandte sich an Amanda:

»Also bitte den 2. Akt, 2. Szene. Ich lese den Romeo. Es geht los.«

Frau Bloomsdorf begann:

»Die Liebe, die zuerst mich forschen hieß.
Sie lieh mir Rat, ich lieh ihr meine Augen.
Ich bin kein Steuermann, doch wärst du fern
wie Ufer, von dem fernsten Meer bespült,
ich wagte mich nach solchem Kleinod hin.«

Frau Bloomsdorf senkte ihr Textheft und schaute Amanda auffordernd an. Doch diese starrte nur mit offenem Mund in ihre Richtung. Frau Bloomsdorf räusperte sich. Keine Reaktion. Sie zögerte: »Amanda?«

»Äh, ja.«

»Amanda. Du bist dran. Dein Part.«

»Oh, ach ja. Moment.«

Amanda stellte sich umständlich in Positur. Dann räusperte sie sich vernehmlich. Schließlich begann sie:

»Du weißt, die Nacht verschleiert mein Gesicht,
sonst färbte ...«

Amanda schwieg. Offensichtlich war ihr der Text entfallen. Mira kicherte leise. Frau Bloomsdorf hatte Mitleid:

»... Mädchenröte ...«

»äh, Mädchenröte färbte ...«

»färbte Mädchenröte ...«

Amanda wurde wütend. »Sag ich doch. Sie bringen mich noch ganz durcheinander.«

Frau Bloomsdorf reagierte verschnupft. Sie verschränkte die Arme vor der Brust: »Bitte, dann mach allein weiter.«

Amanda versuchte einen zweiten Anlauf.

»Mädchenröte färbte, äh …«

Frau Bloomsdorf hatte genug. Sie schaute zu Mira hinüber und nickte. Mira legte los:

»… sonst färbte Mädchenröte meine Wangen
um das, was du vorhin mich sagen hörtest.
Gern hielt ich streng auf Sitte, möchte gern
verleugnen, was ich sprach:
doch weg mit Förmlichkeit!«

Frau Bloomsdorf nickte anerkennend. Mira fühlte sich dazu angeregt, noch eins draufzusetzen. Sie legte die linke Hand auf die Brust und sank mit theatralischer Geste zurück:

»Sag, liebst du mich? Ich weiß, du wirst's bejahn,
und will dem Worte traun; doch wenn du schwörst,
so kannst du treulos werden; wie sie sagen …«

Frau Bloomsdorf nickte zufrieden: »Ich denke, die Sache ist klar. Mira, du wirst die Julia spielen.«

Simon klatschte Beifall, der Rest der Klasse folgte. Nur Amanda und ihre beiden Freundinnen verschränkten demonstrativ die Arme vor der Brust. Mira wurde etwas schwindlig. Sie sah hinüber zu Simon, der heftig klatschte und ihr dann den hochgestreckten Daumen zeigte. Mira fing sich schnell wieder, zwinkerte Simon zu und wandte sich an Frau Bloomsdorf: »Ich werde Sie nicht enttäuschen.«

Frau Bloomsdorf fixierte Mira eine Sekunde lang, bevor sie antwortete: »Ich hoffe es, Mira. Ich hoffe es.«

Amanda bekam die Rolle von Julias Mutter, der reichen Gräfin Capulet. Mira war sich sicher, dass Amanda für ein edles Gewand weder Zeit noch Papas Geld scheuen würde.

Frau Bloomsdorf rief Mira nach der Probe zu sich. »Mira, es ist nicht mehr viel Zeit bis zur Aufführung. Schaffst du es, den Text rechtzeitig zu lernen?«

Mira lächelte: »Schauspielen ist meine große Leidenschaft. Klar schaffe ich das.«

»Du solltest dabei aber die Schule nicht vernachlässigen.«

Mira lächelte, hielt sich die Hand vor die Brust und zitierte:

»Ich schwöre, Fräulein, bei dem heil'gen Mond,
der silbern dieser Bäume Wipfel säumt …«

Frau Bloomsdorf lachte: »Mach, dass du loskommst, Mira.«

Mira ließ sich das nicht zweimal sagen. Doch da erklang noch einmal Frau Bloomsdorfs Stimme hinter ihr: »Mira?«

»Ja?«

»Ich weiß, dass deine Eltern nicht reich sind.«

»Ja?«

»Ich meine, wenn du irgendwie Schwierigkeiten hast, dein Kostüm zu bezahlen … dann kannst du ruhig zu mir kommen … wir werden schon einen Weg finden.«

»Ja. Äh, danke …«

»Schon gut, Mädchen. Jetzt spring.«

Mira huschte los. Die Türe fiel hinter ihr ins Schloss.

Sammlung für den Sieger

Zu Hause führten Miras erste Schritte an Nestroys Krankenbett. Der Kater schlummerte friedlich auf Miras Kopfkissen. Als Mira ihn zärtlich streichelte, schlug er ein Auge auf. Dann ließ er sich auf den Rücken rollen, streckte alle viere von sich und ließ sich ausgiebig am unversehrten Bauchfell kraulen. Mira begann, vorsichtig den Verband zu lösen, um neue Creme aufzutragen.

Da räusperte sich ihre Mutter im Türrahmen: »Mira, ich mach das schon. Geh du erst mal essen.«

Mira schüttelte den Kopf. Da kniete ihre Mutter sich zu ihr und half ihr vorsichtig dabei, Nestroy ruhig zu halten.

»Siehst du, Mira, es heilt schon. Nestroy kommt wieder auf den Damm. Da brauchst du dir keine Sorgen zu machen.«

Mira biss die Zähne zusammen. »Wenn ich die Halunken erwische, die ihm das angetan haben …«

»… dann wirst du aber nichts Unbedachtes tun, oder? Ich mache mir Sorgen. Wer immer diese Feuerteufel sind, mit ihnen ist nicht zu spaßen.«

»Ich habe nicht vor, mit ihnen Spaß zu machen.«

»Mira, werd jetzt nicht komisch. Du weißt, was ich meine.«

Miras Mutter seufzte. Sie kannte ihre Tochter und wusste, dass mit Worten jetzt nicht viel zu erreichen war. Mira cremte Nestroy vorsichtig ein, legte seinen Verband wieder an und bettete ihn liebevoll aufs Kissen. Der Kater machte doch noch einen ziemlich schlappen Eindruck.

Mutter und Tochter gingen gemeinsam in die Küche. Die Zwillinge waren gerade beim Spülen. Mutter verdrehte die Augen, als sie sah, dass Jens und Jan die halbe Küche unter Wasser gesetzt hatten. Sie schimpfte: »Ihr seid schon fast dreizehn und benehmt euch beim Spülen, als wärt ihr Babys in der Badewanne.«

Genau in diesem Moment klingelte das Telefon. Miras Mutter balancierte die heiße Auflaufform: »Kannst du mal kurz rangehen, Mira?«

Mira stand auf, da schoss Frank wie ein Blitz aus heiterem Himmel aus seinem Zimmer. Er war noch vor ihr am Hörer. Mira stand neben ihm. Sein Gesicht verfinsterte sich, dann reichte er Mira tonlos den Hörer. Im Weggehen zischte er: »Aber mach nicht so lang, ja? Ich erwarte einen dringenden Anruf.«

Mira grinste: »Von deiner neuesten Flamme?«

Holger hatte nur einen Teil verstanden: »Flammen? Wo? Ich komme hin!«

Mira musste lächeln. »Vergiss es! Diese Sorte Flamme zündet nur Herzen an. Aber weißt du etwas Neues von den Schuften?«

Sie hörte, wie Holger am anderen Ende mit seinen Papieren raschelte. »Also, ich habe gerade mit der Polizei gesprochen. Du hattest Recht, die Brandsätze werden über Funk ausgelöst. Gratuliere!«

Mira knurrte: »Dann haben sie Nestroy also mit voller Absicht hochgehen lassen.«

»Na, da wäre ich mir nicht so sicher. Vielleicht haben sie ihn bloß nicht gesehen?«

»Was ist? Nimmst du auf einmal Mörder in Schutz?«

»Bis jetzt sind es höchstens Brandstifter, Mira, von Mord kann keine Rede sein.«

»Um ein Haar hätten sie Nestroy ermordet.« Holger schwieg.

»Und sonst? Was hast du noch? Haben sie gesagt, aus welcher

Entfernung die Bombe gezündet wurde? Wissen sie etwas über die Art der Konstruktion? Wo haben sie das Material her? Wurde eigentlich …«

»Halt, halt. Mira. Ich weiß wirklich nicht mehr. Aber ich habe einen Termin mit dem Leiter des Polizeilabors ausgemacht. Nachdem ich ihn bestochen habe, war er bereit, uns zu empfangen.«

»Mit Geld?«

Holger lachte. »Nee, wo denkst du hin. Das wäre ja Korruption. Mit zwei Pressekarten fürs Pokalspiel.«

»Ach. Und das ist keine Korruption?«

»Nee, das ist Fußball. Also übermorgen Nachmittag um vier. Ich hole dich gegen halb vier ab. Bis dahin hofft er, seine Untersuchungen abgeschlossen zu haben.«

»Bingo. Ciao, bis dann.«

Mira legte auf. Fast gleichzeitig klingelte es wieder. Frank, der nicht vom Telefon gewichen war, riss den Hörer hoch. »Oh Pia, du bist's. Hör mal, ich hab das nicht so gemeint, wie …«

Er schob Mira sachte vom Flur in die Küche und kickte mit dem Fuß die Flurtüre zu. Mama setzte sich zu Mira an den Esstisch.

»Jetzt erzähl mal, wie ist es heute mit der Rolle ausgegangen?«

Mira strahlte: »Ich hab sie!«

Mama klatschte vor Freude in die Hände: »Du spielst die Julia? Ehrlich?«

Mira nickte.

Ihre Mutter stand auf: »Ich freue mich riesig für dich. Ich habe es dir so gewünscht, mein Kind.« Dann wurde sie nachdenklich: »Aber was ist jetzt mit dem Kostüm? Musst du es wirklich selber kaufen? So ein Kleid kostet gut und gerne 100 Euro. Du weißt, dass wir so viel nicht …«

»Ich weiß. Ich werd's schon irgendwie zusammenkratzen. 25 Euro habe ich vom Babysittinggeld gespart. Und vielleicht gibt Tante Elsbeth mir ja einen Vorschuss.«

Mama stand auf und holte die Zuckerdose mit dem Haushaltsgeld aus dem Küchenschrank. Sie fischte einen 20-Euro-Schein heraus und drückte ihn Mira in die Hand.

»Aber Mama…«

»Doch. Nimm ihn, Mädchen. Aber beschwer dich nicht, wenn es nächste Woche einmal mehr als üblich Erbsensuppe gibt.«

Mira lächelte. Jens und Jan flüsterten. Dann trocknete Jan seine Hände ab und schlurfte aus dem Zimmer. Draußen hörte man Türengeklapper. Frank kam rein und lächelte selig. Jens musste grinsen: »Der schaut ja aus, als hätte er auch eine Hauptrolle bekommen.«

Frank reagierte nicht. Mira kommentierte: »Hat er auch, bei seiner Fl…, äh, Pia. Jetzt schwebt er wieder auf Wolke sieben.«

Mira aß in Ruhe zu Ende. Sie genoss es, dass Mama heute Zeit hatte. So schilderte sie dann auch ausführlich die Theaterprobe. Plötzlich hörte sie ein Räuspern. Sie schaute auf.

Vor ihr standen Jan, Jens und Frank aufgereiht. Sie grinsten wie Honigkuchenpferde. Mama schmunzelte auch.

Mira staunte: »Was ist mit euch los? Habt ihr im Lotto gewonnen?«

Jan trat vor und schüttete seine Baseballkappe auf dem Küchentisch aus. Heraus purzelten haufenweise Kleingeld und auch einige Scheine.

Frank erklärte: »Wir haben eine kleine Familiensammlung durchgeführt – für dein Kostüm. Kai ist nicht da, aber der gibt bestimmt auch noch was. Zusammen sind es bisher fast 40 Euro. Aber ich ruf

Max nachher noch an. Er verdient ja ganz gut. Wir kriegen die 50 noch zusammen.«

Mira war sprachlos. »Wow!«

Mama griff über den Küchentisch und drückte ihr die Hand. Jan sagte: »Wir sind alle echt stolz auf dich, Mira. Du wirst bestimmt die beste Julia aller Zeiten.«

Mira fand ihre Sprache wieder: »Und die schönste! Bei dem Kostüm, das ich mir jetzt leisten kann.«

Kleiderkauf mit Hindernissen

Den nächsten Nachmittag hatte Mira sich für den Kostümkauf reserviert. Doch ausgerechnet an diesem Tag wurden sie mit Hausaufgaben richtig eingedeckt. Nach zwei Stunden Schularbeiten und ausgiebiger Pflege von Nestroy, dem es schon wieder deutlich besser ging, machte Mira sich auf die Socken. Nestroy wollte sogar schon wieder mit. Er schmiegte ich an Miras Bein und maunzte, doch der Tierarzt hatte fürs Erste viel Ruhe verordnet und so ließ Mira schweren Herzens einen tödlich beleidigten Kater in ihrem Zimmer zurück.

In der Stadt führte ihr Weg in eines der besten Modegeschäfte. Dort wurden seit vier Generationen Brautkleider, Ballkostüme, aber auch hin und wieder Kleider für Theateraufführungen, Maskenbälle und andere Anlässe gefertigt.

Mira trug wie immer übergroße Jeans von Jens und Jan, gehalten durch Hosenträger. In diesem Aufzug betrat sie das vornehme Geschäft. Ziemlich unfreundlich wurde sie von einer Verkäuferin angeraunzt: »Was willst du?«

Mira musterte sie von oben bis unten: »Ich brauche ein Theaterkostüm.«

»Aha. So was ist aber teuer.«

Mira griff in ihre ausgebeulte Hosentasche und knallte ihre gesamte Barschaft auf die Ladentheke. Es schepperte fürchterlich auf der Glasplatte. Alle Köpfe im Geschäft fuhren ruckartig herum. Ein Geldstück rollte über den Thekenrand und purzelte direkt vor der Verkäuferin auf den weichen Teppichboden.

»Reicht das?«, fragte Mira.

Die Verkäuferin bückte sich, um das Geldstück aufzuheben, räusperte sich und antwortete mit mühsam gefasster Stimme: »Möglich. Es kommt drauf an, was du benötigst.«

Mira verkündete: »Die Julia.«

»Julia?«

»Na, die Julia vom Romeo. Shakespeare. Soll ich's buchstabieren?«

»Oh. Nein. Nicht nötig. Du meinst, du spielst die Julia?«

»Bingo.«

Die Verkäuferin schluckte. Dann hatte sie sich im Griff und flötete: »Nun, dann wollen wir mal deine Maße nehmen.«

Umständlich maß sie an Julia so ziemlich alles, was es zu messen gab. Beinlänge, Hals-, Hüft- und Brustweite, Taillenumfang und einiges mehr. Schließlich holte sie mehrere dicke Musterbücher und packte sie vor Mira auf den Tisch.

»Hier haben wir einige Muster.«

Mira staunte. Es würde Jahre dauern, all diese Bücher durchzublättern. Im Hintergrund klingelte das Glöckchen an der Ladentüre. Eine neue Kundin betrat das Geschäft. Die Verkäuferin murmelte:

»Such dir was aus. Ich komme gleich wieder.« Damit spurtete sie zum Eingang.

Während Mira vorsichtig zu blättern anfing, hörte sie, wie die Verkäuferin die neue Kundin begrüßte: »Oh, Fräulein Bollinger. Was verschafft uns die Ehre Ihres Besuchs?«

Mira fuhr herum. »Amanda!« Tatsächlich. Wie eine kleine Kaiserin stand Amanda im Geschäft.

Amanda warf Mira nur einen kurzen Blick zu, dann stolzierte sie zu einem der Sessel im hinteren Ladenteil und ließ sich darauf niedersinken. Die Verkäuferin scharwenzelte aufmerksam um sie herum: »Ein neues Kleid, Fräulein Bollinger?«

Amanda nickte. »Ich brauche ein Kostüm. Fürs Theater. Wir geben Shakespeare. Romeo und Julia.« Die Verkäuferin warf einen kurzen Seitenblick auf Mira. »Ich verstehe.«

Amanda hatte den Blick ebenfalls bemerkt. Sie fuhr fort: »Ich habe mich für die Rolle der Gräfin Capulet entschieden. Sie verstehen, die weitaus anspruchsvollste Aufgabe.«

Die Verkäuferin verstand nicht: »Natürlich, ich verstehe.«

»Blöde Kuh«, murmelte Mira.

Amanda fuhr fort. »Die Gräfin ist sehr wohlhabend und das Kostüm sollte dies auf angemessene Weise ausdrücken. Finden Sie nicht?«

Beflissen nickte die Verkäuferin. Mira rollte mit den Augen. Amanda stand auf. »Ich dachte an etwas mit ein wenig Schmuckbesatz. So hier und hier und hier.« Amanda zeigte, wo der Schmuck eingearbeitet werden sollte.

Schließlich begab sich Amanda zum Ausgang: »Machen Sie einfach mal einen Entwurf. Sie wissen ja, vornehm muss es aussehen. Geht das bis morgen?«

Die Verkäuferin nickte eifrig.

Amanda rauschte an Mira vorbei und entschwand durch den Ausgang.

Die Verkäuferin wandte sich – mindestens drei Grad unfreundlicher als zuvor bei Amanda – wieder Mira zu: »Und, hast du schon was gefunden?«

Mira nickte: »Das hier.« Die Verkäuferin warf einen kurzen Blick darauf. »Gut, etwas Schlichtes.«

»Besser schlichte Klamotten als ein schlechter Charakter.«

Die Verkäuferin blickte Mira irritiert an.

Mira fragte: »Bis wann haben Sie es fertig?«

»Oh, wir haben gerade viel zu tun. Ich denke, so Mitte nächster Woche, vielleicht.«

Mira nickte: »Selbstverständlich. Es ist ja auch VIEL aufwändiger als der wandelnde Juwelierladen für Fräulein Bollinger.«

Die Verkäuferin schluckte. Mira drehte sich um und stopfte sich ihr Geld von der Theke wieder in die Taschen.

Die Verkäuferin räusperte sich: »Oh, wir verlangen normalerweise eine Anzahlung.«

»Wie viel?«

»So 25 Euro wären in diesem Fall wohl angebracht.«

Mira grinste: »Prima. Ich hatte ohnehin keine Lust, mit einer Tasche voll Kleingeld rumzulaufen.« Mira stopfte sich die Scheine in die Tasche und ließ sämtliches Kleingeld liegen, einige Geldstücke purzelten dabei von der Glasplatte. »Das müssten so rund 30 Euro sein. Bedienen Sie sich.«

Mira stapfte zur Türe. Die Verkäuferin rief ihr nach. »Warte, deine Quittung.«

Mira öffnete die Türe: »Nicht nötig. Ein so ehrenwertes Haus, in dem sogar die hochwohlgeborene Amanda Bollinger Kundin ist, wird doch nicht betrügen, oder?« Die Ladentüre fiel mit einem Rumms ins Schloss.

Flucht aus dem Polizeilabor

Mira tollte mit Nestroy auf dem Bett herum. Spielerisch versuchte er, ihre Hand zu schnappen, aber Mira war schneller und erwischte ihn immer wieder im Genick. Nestroys Brustverband war seit heute Vormittag überflüssig. Nur das hintere Drittel des Schwanzes war noch dick bandagiert.

Es klingelte an der Türe. Kurz darauf stand Julius im Türrahmen: »Für dich Mira. Hoher Besuch von der Presse.« Mira schreckte hoch und warf einen Blick auf ihren Wecker. Es war ja schon kurz nach halb vier. Sie hatte die Zeit ganz vergessen. Schnell stürzte sie in den Flur, griff nach ihrer Jacke und rief in Richtung Haustüre: »Komme gleich.«

Kurz darauf stand Mira auf der Türschwelle. »Wir können.«

Zusammen gingen sie zu Holgers Kabrio. Nestroy war ihnen unbemerkt gefolgt. Jetzt schmiegte er sich maunzend und schnurrend an Miras Füße. Mira sah an sich hinab: »Nestroy. Du weißt, dass du dich nicht anstrengen sollst.« Sie seufzte. Mit einem Blick auf Holger erkannte sie sein zustimmendes Nicken. »Okay, alter Knabe, aber wehe, du erzählst Dr. Franze davon!«

Nestroy miaute entrüstet. Holger setzte sich hinters Steuer, Mira daneben. Nestroy nahm auf der rückwärtigen Ablage des Zweisitzers Platz.

Eine knappe Viertelstunde später hielten sie vor einem recht zerfallenen Backsteingebäude am alten Güterbahnhof. Mira staunte: »Hier ist das Polizeilabor?«

Holger stieg aus: »Und der Zoll und das städtische Fundbüro und ein halbes Dutzend weiterer öffentlicher Einrichtungen, von denen ich zum Teil keine Ahnung habe, warum es sie überhaupt gibt.«

Mira stieg ebenfalls aus und auch Nestroy sprang hinterher. Zusammen gingen sie auf das Gebäude zu. Holger stieß eine ziemlich ramponierte Glastüre auf. Mira folgte ihm in einen langen Flur, der auch schon bessere Zeiten gesehen hatte. Es stank nach scharfen Desinfektionsmitteln, und an den nackten Wänden prangten Graffitis, während eine einzige, kahle Glühbirne für notdürftiges Licht sorgte.

Mira sah sich um und staunte: »Hier geht es zum Polizeilabor?«

Holger grinste. »Kaum zu glauben, was?« Er klopfte an eine zweiflügelige Stahltür, neben der ein handgeschriebenes Schild mit Tesafilm an der Wand befestigt war: »Labor P 27. Eintritt nur nach Anmeldung.«

Es dauerte eine halbe Ewigkeit, bis schließlich die Tür mit einem Ruck geöffnet wurde. Vor ihnen stand ein pickeliger Jüngling von höchstens 18 Jahren. Mit seinem gebeugten Rücken und dem extrem schmuddeligen und befleckten Laborkittel sah er aus wie der Assistent von Dr. Frankenstein persönlich.

Er sagte nichts, sondern hob nur fragend eine Augenbraue. Holger erklärte, sie seien angemeldet. Der Jüngling reagierte nicht, sondern knallte die Türe kommentarlos wieder zu. Mira schaute Holger fragend an. »Abwarten!«

Eine weitere Ewigkeit später öffnete sich die Türe vorsichtig um einige Zentimeter. Mira erkannte nur ein Auge, einen gepflegten Bart und die ersten Zentimeter einer unendlich langen Nase. Schlagartig wurde die Tür aufgerissen und eine Hand zog erst Holger, dann Mira in den Raum. Nestroy konnte gerade noch hinterherhuschen. Er fixierte den Mann mit bösem Blick. Holger lächelte: »Darf ich vorstellen, meine Mitarbeiterin, Mira Morgenstern.« Er legte eine Hand auf Miras Schulter. »Mira, das ist Dr. Kleinhans, der Leiter des Polizeilabors.«

Mira betrachtete den gepflegten Mann mit der außergewöhnlich langen Nase. Offensichtlich trug er unter seinem strahlend weißen Laborkittel einen Anzug, sogar eine Krawatte. Blitzsaubere, teure Schuhe schauten unter dem Kittel hervor. Eine teure Uhr prangte an seinem Handgelenk. Dr. Kleinhans war offensichtlich ein Mensch mit Stil. Ein wirklicher Kontrast zu dem pickeligen, kleinen, wieselgesichtigen Laborhelfer, der sich unauffällig im Hintergrund zu schaffen machte.

Mira lächelte Dr. Kleinhans höflich an: »Sie sind also der Fußballfreund.« Holger und Dr. Kleinhans schauten sie gleichzeitig an, als habe sie soeben einen Mord begangen. Mira wurde fast ein wenig rot. Holger lenkte ab: »Wozu diese Heimlichtuerei, Herr Doktor?«

Kleinhans räusperte sich: »Nun, nicht überall wird es gern gesehen, wenn die Presse bei uns … nun ja, Sie wissen schon.« Holger klopfte dem Leiter freundschaftlich auf die Schulter: »Aber mein lieber Herr Doktor. Sie kennen doch unsere Vereinbarung. Wir veröffentlichen nichts ohne Ihre Freigabe.«

Dr. Kleinhans nickte, als wolle er es sich selbst noch einmal bestätigen. Dann drehte er sich abrupt um und winkte ihnen zu folgen. Er führte sie zu einem Labortisch, auf dem ein Häuflein verbogenes Metall und eine Menge Ruß zu sehen waren. Mira staunte: »Das ist alles?«

»Oh, mehr, als wir sonst oft haben.«

Mira wurde ungeduldig: »Und was haben Sie noch herausgefunden?«

Im Hintergrund ertönten Stimmen aus einem Lautsprecher. Dr. Kleinhans rief seinen Assistenten: »Georg. Stellen Sie doch leiser.«

Holger horchte: »Radio ist das nicht?«

Dr. Kleinhans lächelte. »Nein, das ist der Polizeifunk. Georg hört für sein Leben gern mit. Er wäre gerne im richtigen Streifendienst, aber dafür hat er nicht den Körperbau.«

Mira mahnte: »Also, was gibt es noch Neues?«

Dr. Kleinhans blickte mit unverhohlener Begeisterung drein: »Ein Meisterwerk. Ein wirkliches technisches Meisterwerk.«

Miras Blick fiel auf Nestroys bandagierten Schwanz: »Eher ein Schurkenstück.«

Dr. Kleinhans ließ sich nicht irritieren: »Offensichtlich war die Bombe ferngesteuert, mit einer hypermodernen Technologie. Wir haben Reste von Computerchips gefunden.«

»Das heißt?«

»Wer auch immer die Bombe zusammengebastelt hat, versteht etwas von Fernsteuertechnik. Und es stehen ihm die modernsten Mittel zur Verfügung.«

Mira hakte nach: »Aus welcher Entfernung kann denn so eine Bombe maximal gezündet werden?«

Dr. Kleinhans erwiderte: »Die Reichweite beträgt hunderte von Kilometern.«

Mira nickte: »War nur rein technisches Interesse. Ich glaube, dass der Typ mit dem Zünder ohnehin immer ganz in der Nähe ist.«

Holger schaute Mira an: »Wieso das?«

»Na, nur so kann er sicher sein, dass er gerade keine Personen gefährdet. Denn darauf achten die Feuerteufel – zumindest bis jetzt.«

»Klingt einleuchtend.«

Mira wandte sich noch einmal an den Techniker: »Wissen Sie, wo diese Bauteile herkommen können?«

Dr. Kleinhans schüttelte den Kopf: »Noch nicht. Wir sind dran. Aber so viel kann ich schon jetzt sagen. Auf dem freien Markt dürfte einiges davon nicht so einfach erhältlich sein. Der Konstrukteur dieser Bombe muss über Beziehungen zu den führenden Firmen verfügen.«

In diesem Moment rief der junge Assistent vom anderen Ende des Labors: »Chef, hören Sie!« Dann drehte er den Lautsprecher lauter.

Entgeistert hörten alle mit: »… wiederhole … Brand im Kindergarten Hoffmannstraße … alle Streifenwagen zum Brandort … dringender Verdacht … wiederhole … dringender Verdacht auf Brandstiftung … anonymer Anruf mit Hinweis auf die Feuerteufel …«

Mira fackelte nicht lange: »Komm, Holger.« Im Nu war sie zur Labortüre hinaus. Holger schickte sich an, ihr zu folgen, doch Dr. Kleinhans hielt ihn zurück: »Äh, Grünberg?«

»Ja?«

»Ihre Assistentin. Ist sie nicht noch ein bisschen jung für einen Job bei der Zeitung?«

Holger schaute Mira nach, als würde ihm zum ersten Mal der Gedanke kommen. Dann lächelte er Dr. Kleinhans an: »Jetzt, wo Sie es sagen …«

Mit diesen Worten schloss er die Türe. Draußen waren Mira und Nestroy schon am Ende des Ganges angekommen. Holger beeilte sich, die beiden einzuholen. Draußen sprangen die drei kurzerhand über die geschlossenen Türen ins Kabrio. Holger startete mit quietschenden Reifen.

»Weißt du, wie du hinkommst?«, fragte Mira. Holger nickte: »Es gibt zwei Möglichkeiten: die erlaubte – und die Abkürzung.«

»Nimm die Abkürzung!«

»Schon dabei.«

Holger riss ruckartig das Steuer nach rechts und schoss in eine kleine Nebenstraße. »Einfahrt nur für Betriebsangehörige der Bahn«, stand auf dem Schild, das sie passierten.

Die Computerbombe

Mit quietschenden Reifen kam Holger direkt neben einem Rüstwagen der Feuerwehr zum Stehen. Mira pfiff durch die Zähne. Der Kindergarten brannte lichterloh. Die Feuerwehr konzentrierte sich darauf, das Übergreifen des Brandes auf benachbarte Gebäude zu verhindern. Den Kindergarten selbst hatten sie bereits abgeschrieben.

Holger kommentierte: »Langsam wird es ernst. Eine Bushaltestelle, ein Baum, nun ein Kindergarten. Und was kommt danach?«

Nestroy musste beleidigt im Auto zurückbleiben, während Holger schnurstracks zum Einsatzleiter der Feuerwehr marschierte und mit seinem Presseausweis wedelte. Mira hielt sich dicht hinter ihm, wobei sie immer wieder laufenden Feuerwehrmännern ausweichen und über Schläuche springen musste. Holger schoss gleich eine Frage ab: »Gibt es Hinweise auf Personenschäden?«

Der Feuerwehrkommandant schüttelte unwirsch den Kopf: »Soweit wir wissen, nicht. Der Kindergarten hatte bereits geschlossen, als das Feuer ausbrach. Aber jetzt lassen Sie mich meine Arbeit machen, junger Mann.«

Er ließ Holger stehen. In diesem Augenblick fuhr ein Zivilfahrzeug vor, aus dem Hauptkommissar Harman stieg. Mira konnte gerade noch hinter einen Feuerwehrwagen abtauchen. Holger folgte ihr: »Was ist los?«

Atemlos antwortete Mira: »Das ist Hauptkommissar Harman, der diesen Fall bearbeitet.«

»Ich weiß.«

»Na, ich bin bei der Sache mit der Eiche ein klein wenig mit ihm aneinander geraten.«

»Was soll das heißen?«

»Er hat mich davor gewarnt, mich in die Sache einzumischen.«

Holger drehte sich um. »Okay. Dann werde ich alleine sehen, was ich herausbekommen kann.«

Holger ging auf Harman zu. Die beiden begrüßten sich wie alte Bekannte. Es dauerte nicht lange, da erschien Holger wieder bei seinem Auto, wo Mira bereits auf ihn wartete.

»Und? Los, erzähl schon.«

Holger berichtete: »Es waren wieder die Feuerteufel. Das Bekennerschreiben klebte auf der Rückseite eines Verteilerkastens rund 50 m vom Kindergarten entfernt. Es lautet: ›Die Technik ist der Menschen Untergang. Wir werden alle in den Flammen sterben. Die Feuerteufel‹.«

»Und?«

»Nichts. Es gibt kein ›und‹. Mehr erfahren sie vielleicht, wenn sie den Tatort genauer untersuchen. Aber bis dahin vergeht noch mindestens ein Tag.«

Mira schimpfte: »Mist. Bis dahin brennt vielleicht schon ein Kaufhaus, eine Schule oder die Klinik. Irgendwann gibt es die ersten Opfer, wenn die Kerle nicht bald dingfest gemacht werden.«

Holger nickte. »Wir fahren in die Redaktion. Ich schreibe meinen Artikel und danach können wir weiterplanen, ja?«

Mira nickte: »Worauf wartest du noch?«

Holger schaltete seinen PC aus und drehte sich zu Mira um, die mit Nestroy auf ihrem Schoß in alten Ausgaben der *Morgenpost* blätterte. »Das war's. Jetzt haben wir Luft.«

Mira senkte die Zeitung und lugte über den Rand hinweg. »Ich hab mir was überlegt.«

Holger beugte sich vor: »Schieß los.«

»Gehen wir einmal davon aus, dass die Feuerteufel ihre Brandbombe erst jeweils kurz vor der Zündung installieren. Da der Kindergarten um 16 Uhr zusperrt, war bis zur Zündung des Brandsatzes höchstens eine Viertelstunde Zeit, um das Ding anzubringen. Vielleicht bekommen wir aus der Nachbarschaft Hinweise in dieser Richtung während der besagten Zeit?«

Holger nickte langsam. »Das könnte klappen. Und wer sollte deiner Meinung nach diesen Job übernehmen?«

Mira lächelte: »Ich würde ja gerne, aber du hast den Presseausweis, mit dem du den Leuten unter der Nase herumfuchteln und ihnen die Zungen lösen kannst …«

»Komisch, irgendwie habe ich erwartet, dass du so was sagst.« Holger stand auf: »Na los, ich bring dich nach Hause, bevor ich loslege.«

Den Abend verbrachte Mira mit dem Rollenstudium für das Theaterstück. Bei jedem Klingeln des Telefons zuckte sie zusammen.

Doch Holger rief nicht mehr an. Als sie gegen zehn zu Bett ging, war sie ein wenig sauer auf ihren Partner.

Holger meldete sich erst spät am nächsten Nachmittag. Am Telefon war er recht kurz angebunden: »Mira, hast du Zeit? Dann komme ich vorbei. Ich glaube, wir haben zumindest den klitzekleinen Zipfel einer Spur.«

Als Holger kurz danach vor dem Haus der Morgensterns hielt, wartete Mira bereits auf ihn.

Sie sprang zusammen mit Nestroy ins Auto: »Hey, du treulose Tomate.«

»Willst du mit mir streiten oder hören, was es Neues gibt?«

Mira legte die Füße auf die Frontablage: »Streiten wäre auch nicht schlecht. Aber von mir aus. Schieß los! Haben die Nachbarn etwas gesehen?«

»Nein. Ich habe mir komplett umsonst die Hacken abgewetzt.«

Mira war enttäuscht: »Gar nichts? Niemand hat was gesehen?«

Holger schüttelte den Kopf. »Kleinigkeiten, die sich aber absolut nicht decken. Zwei der Nachbarn wollen um diese Zeit einen Transporter gesehen haben. Der eine sprach von einem Paketdienst, der andere meinte ein Reparaturfahrzeug der Stadtwerke gesehen zu haben. Sonst nichts.«

Mira wurde langsam ungehalten: »Und weshalb hast du mich dann überhaupt abgeholt?«

»Eine Spur gibt es doch. Diesmal ist wundersamerweise ein kleiner Teil der Brandbombe recht gut erhalten geblieben.«

Mira staunte: »Wie das, wo doch der ganze Kindergarten lichterloh brannte?«

»Dr. Kleinhans hat die Sache in etwa rekonstruiert. Die Bombe war unter dem Erste-Hilfe-Schrank platziert. Der ist aus stabilem Metall und muss bei der Zündung oder kurz danach von der Wand direkt auf die Brandbombe gekippt sein. Unter dem Metall lag die Bombe dann weitgehend geschützt vor dem anschließenden Brand.«

Mira schüttelte den Kopf: »Wurde die nicht bei der Explosion schon völlig zerstört?«

»Wohl nicht. Dr. Kleinhans meinte, der eigentliche Sprengsatz sei minimal und diene nur dazu, das brennbare Material zu entzünden. Insofern ist ›explodieren‹ vielleicht etwas übertrieben. Das Ganze ist mehr ein Brandsatz als eine Brandbombe.«

»Hmm. Und jetzt?«

»Jetzt sind wir auf dem Weg zu Dr. Kleinhans. Er will uns etwas zeigen.«

Dr. Kleinhans war allein in seinem Labor. Offiziell war schon seit einer halben Stunde Dienstschluss, aber der Techniker wirkte ungeheuer aufgeregt, als er den beiden die Türe öffnete.

Er sprudelte los: »Wir sind zu wertvollen Erkenntnissen gekommen. Wir wissen nun um einiges mehr. Hier, so in etwa sah die Konstruktion der Brandbombe aus.« Dr. Kleinhans deutete auf einen Computerbildschirm, auf dem eine dreidimensionale künstliche Brandbombe zu sehen war. Dr. Kleinhans erklärte: »Das Grüne ist der Tank mit einem Benzin-Chemikalien-Gemisch.«

Mira fragte: »Kennen Sie die Mischung?«

»Ungefähr, aber das hilft uns nicht weiter. Sowohl den Kanister als auch den Inhalt kann man an jeder Tankstelle bzw. in jedem Baumarkt besorgen. Viel interessanter ist das hier.«

Dr. Kleinhans deutete auf eine kleine Platine mit unterschiedlichen Bauteilen.

»Ist das ein Computer oder eine Brandbombe?«, fragte Mira.

Dr. Kleinhans rieb seine Handflächen aneinander. Jetzt war er in seinem Element: »Beides, beides. Vor allem ist es ein Empfänger für eine digitale Fernsteuerung. Das Modernste, was es auf dem Markt gibt.«

»Was heißt das?«

»Nun, das heißt, dass diese Bombe praktisch über Satellit von jedem Ort der Welt aus gezündet werden könnte.«

Holger kratzte sich am Kopf. »So viel Aufwand für eine kleine Brandbombe?«

Dr. Kleinhans zuckte die Schultern: »Wahrscheinlich ein Perfektionist.«

Mira warf ein: »Sie sprechen immer von DEM Täter. Wo doch auf den Bekennerschreiben immer ›Die Feuerteufel‹ steht. Wie kommen Sie darauf, dass es nur einer gewesen sein könnte?«

Dr. Kleinhans erstarrte. Er wurde sichtlich bleich.

»Äh… oh… ich habe es mir einfach gedacht.«

»Ja, aber warum?«

Dr. Kleinhans gewann seine Fassung wieder. »Nun, Bombenbastler sind meist Einzelkämpfer. Selbst wenn die Feuerteufel eine größere Gruppe sind, so haben sie wahrscheinlich einen einzelnen Fachmann, der die Bomben für sie bastelt.«

Holger meinte: »Das klingt plausibel.« Er bekam nicht mit, wie Mira den Techniker eindringlich musterte.

Dr. Kleinhans schaute auf seine Uhr: »Oje, ich habe meine Verabredung fast vergessen. Ich muss jetzt gehen. Mehr gibt es ohnehin nicht zu sehen.«

Dr. Kleinhans bugsierte sie zum Ausgang. »Ich melde mich, wenn ich was für Sie habe…«

Draußen setzten sich Mira und Holger schweigend ins Auto. Holger fuhr los. Beide grübelten vor sich hin. Plötzlich klatschte Mira sich auf die Schenkel. Sie schrie: »Das ist es!«

Holger erschrak. Das Auto schlingerte kurz. »Willst du uns zur Strecke bringen?«

»Ne, aber die Feuerteufel. Kannst du dich erinnern, was Dr. Kleinhans im Labor sagte, als du meintest, dass der technische Aufwand für eine Brandbombe etwas übertrieben sei?«

»Er meinte, der Bastler sei ein Perfektionist.«

»Stimmt. Aber was auch stimmen würde: Der Bastler hat diese Art von Technik ohnehin zur Verfügung und kennt sich damit aus.«

»Du meinst, jemand, der beruflich mit Fernsteuerungen zu tun hat?«

»Ja, und zwar mit der Entwicklung modernster Anlagen – denn solche Teile hat er ja offensichtlich verwendet.«

Holger nickte: »Wir könnten ja mal nach entsprechenden Firmen recherchieren. Ich muss nachher ohnehin noch mal in die Redaktion. Da kann ich im Archiv nachschauen. Dich setze ich zu Hause ab. Ich melde mich später noch.«

»Versprochen?«

»Versprochen!«

Plötzlich schrie Mira: »Halt!«

Instinktiv trat Holger auf die Bremse. Hinter ihnen quietschten Reifen. Mira und Holger zogen den Kopf ein und warteten auf den Aufprall. Doch der blieb aus. Wild gestikulierend scherte der Fahrer hinter ihnen im letzten Moment aus und zog vorbei. Holger fuhr Mira entnervt an: »Bist du wahnsinnig? Ich sollte dich an die frische Luft setzen.«

Mira öffnete die Tür und lächelte: »Genau da will ich hin.« Sie rief: »Hey, Simon.«

Simon winkte ihr. Mira nahm Nestroy auf den Arm und kletterte aus dem Wagen. »Tschüss, Holger, den Rest laufe ich.«

Holger zwinkerte: »Verstehe.«

Dann zischte er davon. Simon beugte sich zu Nestroy und streichelte ihm den Rücken. »Na, dir scheint es ja wieder gut zu gehen.« An Mira gewandt meinte er: »Und was macht die Jagd auf die Feuerteufel?«

Mira berichtete Simon über ihre und Holgers Ermittlungen. Simon hörte interessiert zu.

Als Mira geendet hatte, wurde sie still und nachdenklich. »Also, wenn du mich fragst – an der Sache ist etwas faul.«

Busse ohne Fahrer

Frau Bloomsdorf klatschte in die Hände. »Prima, Kinder. Ganz ausgezeichnet. Es macht richtig Freude, zu sehen, wie fleißig ihr geübt habt. Das nächste Mal proben wir in Kostümen. Ihr könnt die Kleider dann bis zur Aufführung hier in der Schule lassen. Das war's für heute.«

Alle redeten durcheinander. Simon begann, kleine grüne Umschläge zu verteilen. Auch Mira überreichte er ein Kuvert.

Mira fragte irritiert. »Was ist das denn?«

Sie öffnete den Umschlag und wagte kaum zu glauben, was sie dort las. »Dein Geburtstag. Du lädst mich zu deinem Geburtstag ein?«

Simon lächelte: »Klar. Das heißt, ich hoffe, du hast übermorgen Zeit. Wir wollen abends zusammen ins Kino.«

»Oh Simon. Natürlich habe ich Zeit. Ganz bestimmt. Sicher.«

»Super. Also ciao, bis morgen.«

Mira freute sich. Doch dann sah sie, dass Amanda sie mit Blicken durchbohrte. Auch sie hielt einen grünen Umschlag in der Hand. Natürlich. Simon war ja auch auf Amandas Geburtstag eingeladen gewesen. Als einziger Junge. Sie wohnten nicht weit voneinander entfernt, waren praktisch Nachbarn. Und ihre beiden Mütter kannten sich ja. Wahrscheinlich konnte Simon gar nicht anders. Mira nahm sich fest vor, sich bei Simon in keinen Streit mit Amanda verwickeln zu lassen. Wer weiß, vielleicht wäre das ja auch eine Chance, sich irgendwie mit Amanda zu arrangieren. Sie mussten sich ja nicht unbedingt mögen, aber dieser ständige Kleinkrieg war auch nicht gerade erstrebenswert…

Als Mira die Schule verließ, hoffte sie ein klein wenig, Holgers Kabrio auf dem Parkplatz stehen zu sehen. Doch dem war nicht so. Enttäuscht machte Mira sich auf den Heimweg. Auch zu Hause gab es keine Nachricht von Holger. Also rief Mira in der Redaktion an. Dort erfuhr sie lediglich, dass er den ganzen Tag in einer Konferenz wäre. Mira ließ ihm ausrichten, er solle zurückrufen.

Sie wartete. Doch als das Telefon klingelte, war es nicht Holger, sondern Tante Elsbeth. Sie brauchte Mira übermorgen Nachmittag als Babysitterin. Schweren Herzens sagte Mira zu, denn nach dem Kostümkauf herrschte Ebbe in ihrer Kasse.

Nach den Hausaufgaben hatte Holger noch immer nicht zurückgerufen. Also machte Mira sich auf den Weg, um ihr Kostüm abzuholen.

Die Verkäuferin war heute betont freundlich zu Mira. Das Kostüm passte perfekt. Für Mira war es etwas gewöhnungsbedürftig, als sie sich im weißen Kleid im Spiegel betrachtete. Aber der Verkäuferin gefiel es prächtig.

Mira bezahlte und hatte sogar noch etwas Geld übrig, das sie anschließend in ein Geburtstagsgeschenk für Simon investierte. Mira entschied sich für eine Fußballpumpe. Simons letzte Ballpumpe war bei dem Match unter der Eiche verloren gegangen.

Zu Hause hing ein Zettel an Miras Zimmertüre: »Holger hat angerufen, du sollst ihn auf dem Handy zurückrufen. Gruß, Julius.«

Mira suchte eine Viertelstunde, bis sie Holgers Handynummer hatte. Holger meldete sich nach dem ersten Klingeln. »Ah, Mira. Prima. Hör mal, ich bin im Stress.«

»Wegen der Feuerteufel?«

»Nein, im Rathaus gibt es einen Bestechungsskandal und ich muss noch einen Aufmacher für den Lokalteil basteln.«

»Heißt das, du hast gar nichts unternommen?«

»Doch, aber das Ergebnis ist mager: Es gibt nur eine Firma im weiten Umkreis, die infrage kommen könnte. Die ServeTronic AG arbeitet an Fernsteuerungsanlagen für Busse und Bahnen, wohl auch fürs Militär.«

»Klingt doch viel versprechend.«

»Schon, aber der Pressesprecher dort hat mich glatt abgewimmelt. Er will mir Infomaterial schicken. Ich glaube, die haben Angst, mit der Feuerteufelsache in Verbindung gebracht zu werden.«

»Und jetzt?«

»Ich warte mal die Unterlagen ab. Bis die kommen, habe ich bestimmt wieder mehr Luft, dann versuchen wir noch mal, mit denen zu reden. Jetzt muss ich Schluss machen. Ich melde mich.«

Mira legte auf. Da kam ihr Vater nach Hause. Er drückte ihr einen

Kuss auf die Stirn: »Nanu? Was ist mit dir los? Ist dir eine Laus über die Leber gelaufen?«

Mira seufzte. Dann kam ihr eine Idee: »Sag mal, sagt dir die Firma ServeTronic AG was?«

Papa kniff die Augen zusammen: »Und ob. Das sind welche von den Jungs, die fleißig daran arbeiten, mich arbeitslos zu machen.«

Mira staunte: »Wieso das?«

Papa erzählte es ihr. Die ServeTronic AG hatte ein Fernsteuersystem erfunden und zum Patent angemeldet, mit dem sämtliche Busse eines Verkehrsbetriebes von einem zentralen Rechner aus ferngesteuert werden konnten. Langfristig sollten so Busfahrer völlig überflüssig werden. Soweit Miras Papa wusste, befand sich das System in der Erprobungsphase. Doch bereits jetzt wurden die einzelnen Verkehrsunternehmen von der ServeTronic AG heftig umworben. Papa befürchtete, dass eines Tages auch sein Arbeitsplatz wegfallen könnte: »Unser Schichtleiter war bereits ein paar Mal zu Vorführungen bei der Firma. Er kann dir sicher mehr erzählen.«

Mira brauchte keine Sekunde, um eine Chance zu wittern: »Kannst du ihn anrufen? Ich würde gerne mal mit ihm sprechen.«

»Hmm, morgen?«

»Heute? Bitte, Papa ...«

Miras Vater hatte seiner einzigen Tochter noch nie einen Wunsch abschlagen können. »Aber ich darf doch erst noch meine Jacke ausziehen?« Mira nickte großzügig. Kurz darauf reichte Papa ihr den Hörer: »Bitte schön, er ist dran.«

Die fröhliche Stimme des Schichtleiters drang durch den Hörer: »Hallo, Mira. Womit kann ich dienen?«

»Ich hätte eine Bitte an Sie.«

»Lass hören, Mädchen.«

»Ich würde gerne mit einem Freund eine Besichtigungstour bei der ServeTronic AG machen, aber als Normalbürger hat man da schlechte Karten. Können Sie uns da helfen?«

Der Schichtleiter lachte: »Kein Problem, Mädchen. Die bombardieren uns fast täglich mit Einladungen und Werbematerialien. Ich werde euch in unserem Auftrag anmelden. Vielleicht erreiche ich jetzt noch jemanden. Kann ich dich zurückrufen?«

Mira gab ihm die Nummer. Eine halbe Stunde später rief der Schichtleiter zurück: »Alles klar. Ihr werdet morgen um 16 Uhr empfangen. Eine Stunde Zeit solltet ihr allerdings mitbringen.«

»Werden wir. Ach. Und danke!«

Mira rief Holger unter der Handynummer an. Der staunte nicht schlecht, als Mira ihm kurz und knapp den Termin mitteilte. Sie verabredeten sich für halb vier, denn die ServeTronic AG lag im äußeren Industriegebiet, nahe der Autobahn. Auf der Fahrt klärte Mira Holger über die Rolle auf, die sie zu spielen hatten. »Also verstanden? Kein Presseausweis, dafür aber sehr interessierte technische Fragen. Und die Augen offen halten. Vielleicht entdecken wir ja irgendeinen Hinweis.«

»Alles roger, Boss.« Holger schmunzelte.

Bei der ServeTronic AG wurden sie bereits an einem gut drei Meter hohen Zaun abgefangen, der das ganze Gelände hermetisch abriegelte. Ein Wachmann trat aus seinem Häuschen. Holger erklärte, sie kämen von den Verkehrsbetrieben und hätten einen Besichtigungstermin. Der Pförtner notierte ihre Autonummer, ging ins Häuschen zurück und telefonierte. Nach einer halben Ewigkeit kam er wieder heraus und erklärte ihnen den Weg, den sie zum Hauptgebäude nehmen sollten. Dort erwartete sie auf der Treppe bereits ein hagerer, gut gekleideter Mann. Er mochte so um die 30 sein und begrüßte sie beide überschwänglich: »Wunderbar, dass Sie Zeit für einen Besuch bei uns gefunden haben. Mein Name ist Senkendorff, ich bin hier für die Öffentlichkeitsarbeit zuständig.«

Mira betrachtete er mit einem interessierten Blick. »So junge Mitarbeiter haben die Verkehrsbetriebe bereits?«

Holger lächelte: »Oh, darf ich Ihnen meine Praktikantin vorstellen? Wir haben da ein neues Praktikantenprogramm, bei dem wir regelmäßig Schüler an unserem ganz normalen Arbeitsalltag teilnehmen lassen. Ein Pilotprojekt. Wird vom Ministerium gefördert.«

Als ihr Gegenüber das Zauberwort Ministerium hörte, wirkte der Mann noch eine Spur freundlicher und diensteifriger. Er fragte Holger: »Ja, was also genau möchten Sie sehen?«

Das Firmengeheimnis

Holger wechselte einen kurzen Blick mit Mira, dann antwortete er: »Am meisten interessiert uns für unser Unternehmen natürlich Ihre Fernsteuertechnik, vor allem die neueste Generation.«

Der Mann lächelte: »Die neueste Generation ist bedauerlicherweise streng geheim. Aber ich zeige Ihnen gerne alles, was öffentlich zugänglich ist.«

Während sie mit Herrn Senkendorff den Fahrstuhl betraten, führte sie dieser in die Geschichte der Firma ein. Erst vor acht Jahren gegründet, zähle sie heute bereits zu den führenden Herstellern digitaler Fernsteueranlagen. Der Gründer der Firma, Wolfgang Vandervelt, sei heute noch immer Mehrheitsaktionär und lenke die Geschäfte als Vorstandsvorsitzender selbst.

Der Fahrstuhl war im vierten Stock angelangt. Sie stiegen aus und schauten sich um. Senkendorff erklärte: »Hier rechts sind unsere Forschungslabors. Das ist strengste Sicherheitszone.«

Eben verließ ein kleiner, dicklicher Herr im Laborkittel den Sicherheitsbereich, der von zwei bewaffneten Posten bewacht wurde.

»Guten Tag, Herr Dr. Grosch.« Senkendorff grüßte den Mann, der in den Fahrstuhl stieg, den sie gerade verließen. »Tag auch, Senkendorff.«

Als sich die Fahrstuhltüre schloss, erklärte Herr Senkendorff: »Das war unser Forschungsleiter. Eine internationale Kapazität auf seinem Gebiet.«

Mira grübelte: »Irgendwo habe ich ihn schon einmal gesehen.«

Senkendorff lachte: »Gewiss. Dr. Grosch war schon häufig im Fernsehen. Wie gesagt, er ist ein bekannter Experte.«

Senkendorff führte sie in einen Ausstellungsraum, in dem eine Eisenbahnanlage aufgebaut war. Mira staunte: »Sie bauen Modelleisenbahnen?«

Senkendorff schüttelte den Kopf: »Oh nein, aber schauen Sie mal her.«

Er nahm von einem Tisch ein etwa schuhkartongroßes Gerät, das aussah wie eine Fernsteuerung für Modellflugzeuge. Er betätigte einige Knöpfe, dann setzte sich einer der Busse in der kleinen Modellstadt in Bewegung und fuhr zügig, ohne die geringste Abweichung, durch den ganzen Ort.

Holger nickte anerkennend. »Die gesamte Fernsteuerung passt in einen so kleinen Bus?« Senkendorff schüttelte den Kopf: »Es ist nur ein Modell. Hier arbeiten wir noch mit Steuerschleifen im Boden. Noch sind die kleinsten verfügbaren Anlagen etwa so groß wie diese Steueranlage.« Er hob dabei seine Fernsteuerung in die Höhe. »Aber der Clou kommt noch. Wenn ich diese Anlage an einen Computer hänge …«

Er zeigte auf einen Laptop neben der Anlage, stellte seine Steuerung daneben und verband beide durch ein Kabel.

Dann drückte er auf eine Taste am PC und schlagartig setzten sich sämtliche Busse und Pkws in Bewegung. Alle fuhren, hielten an, wendeten, parkten ein – ohne eine einzige Karambolage.

»Das ist heute bereits technisch machbar?«, fragte Holger. Senkendorff nickte: »Wir sind unserer Konkurrenz weit voraus. Im kommenden Jahr könnten wir eine erste echte Pilotanlage installieren.«

Mira sagte versonnen: »Da stecken eine Menge Möglichkeiten drin.« Senkendorff bestätigte: »Ja, unsere Forschungen laufen auf Hochtouren. Doch einiges davon ist militärisch – streng geheim, Sie verstehen?«

Mira fragte unschuldig: »Man KÖNNTE damit auch eine Brandbombe ferngesteuert zünden?«

Schlagartig herrschte Ruhe im Raum. Senkendorff erstarrte für den Bruchteil einer Sekunde. Dann schien es, als habe er sich wieder unter Kontrolle. Er lächelte weiter unverbindlich: »Ach, wissen Sie, man KÖNNTE mit dieser Technik fast alles machen. Wichtig ist nur die Steuerungssoftware, die ist eigentlich unser wirkliches Firmenkapital.«

Senkendorff war mit seinen Ausführungen bald am Ende und begleitete seine Gäste zurück zum Ausgang. Sie mussten auf den Fahrstuhl zurück ins Erdgeschoss warten. Als er sich öffnete, wollte Mira hineingehen, prallte jedoch beinahe mit einem hoch gewachsenen älteren weißhaarigen Mann zusammen, der sie irritiert musterte.

Dann sagte er zu Senkendorff: »Wie gut, dass ich Sie sehe. Kommen Sie bitte nachher dringend in mein Büro. Es ist wegen dieser …« Er beugte sich zu Senkendorffs Ohr und flüsterte seinen Satz zu Ende. Senkendorff wurde schlagartig blass und beeilte sich zu antworten: »Sofort, Herr Vandervelt, ich begleite nur noch unsere Besucher hinaus. Dann komme ich nach oben.«

Vandervelt nickte. Senkendorff huschte zu Mira und Holger in den Fahrstuhl. Die Fahrt nach unten verlief schweigend.

Draußen verabschiedete sich Senkendorff betont freundlich. Er winkte ihnen noch nach, als beide ins Auto stiegen. Holger und Mira lächelten freundlich zurück. Holger gab Gas und sie verließen das Gelände der ServeTronic AG. Mira warf einen kurzen Blick zurück. Die Firma war auf einer Seite von einer ungenutzten Wiese eingesäumt und auf der anderen Seite von einer offensichtlich verlassenen, alten Ziegelei.

Holger brach das Schweigen: »Und, was meinst du? Die Jungs haben wohl wirklich etwas zu verbergen. Ob sie die Feuerteufelsache ausgeknobelt haben?«

»Irgendwas ist faul, Holger. Ich kann es förmlich riechen.«

»Mag sein, aber hast du eine Ahnung, warum eine angesehene Firma wie ServeTronic Kindergärten anzünden sollte?«

Mira ließ sich nicht abbringen: »Trotzdem.«

»Trotzdem ist kein Argument, Mira!«

»Mag sein. Aber Grund genug, dort mal herumzuschnüffeln. Hast du im Hof die Firmenflotte gesehen?«

»Ja, warum?«

»Dunkelbraune Transporter. Alles dunkelbraune Transporter. Erinnerst du dich an die Zeugenaussagen der Kindergartennachbarn? Die hatten einen Transporter gesehen.«

»Klar, aber es waren angeblich verschiedene.«

»Stimmt. Aber sowohl die Reparaturfahrzeuge der Stadtwerke als auch die Wagen eines der größten Paketdienste sind dunkelbraun.«

Holger schluckte: »Wow.«

Mehrere Minuten sprach keiner von beiden ein Wort. Dann begann Holger, laut zu denken: »Wir sollten das Firmengelände beobachten. Wenn du mit deiner Vermutung Recht hast, dann müssten wir früher oder später etwas Verdächtiges bemerken.«

Mira war begeistert: »Gute Idee! Du kannst noch Petra fragen und vielleicht den Volontär aus der Redaktion...«

Holger protestierte: »Also Petra wird mir was husten, und wenn ich in der Redaktion mit dieser abstrusen Idee aufkreuze...«

Mira seufzte: »Mag ja sein, dass du ein guter Journalist bist. Aber für einen Detektiv bist du ein wenig zu unflexibel. Na, dann werde ich den Fall eben alleine weiterführen müssen.«

»Wenn du meinst, du kommst alleine weiter, bitte schön!« Wieder herrschte langes Schweigen, bevor Holger sich räusperte: »Also schön. Du hast gewonnen. Ich werde die anderen fragen. Aber damit eines klar ist, zwingen kann ich sie nicht.«

Mira hob die Hände: »Kein Problem. Ich verlasse mich auf deine Überzeugungskraft.«

Zu Hause versuchte Mira, ihren Hausaufgabenrückstand aufzuarbeiten. Aber es war schwierig. Immer wieder kreisten ihre Gedanken um die ServeTronic AG. Warum benahmen die sich so merkwürdig?

Mira klappte das Schulbuch zu und beschloss, ins Bett zu gehen. Da klingelte das Telefon im Flur. Kurz darauf klopfte Frank an die Zimmertüre. »Für dich, es ist Holger.«

Mira nahm den Hörer: »Sind die anderen dabei?«

Holger lachte: »Hallo erst mal und ja!«

»Super.«

»Die sind Feuer und Flamme. Petra und Jochen, unser Praktikant, machen mit. Und sogar Roger, mein Kollege aus der Sportredaktion, ist dabei. Wir beide machen zusammen die erste Schicht. Ich rufe vom Handy aus an.«

»Wo steckt ihr?«

»In der alten Ziegelei direkt neben der Firma. Wir haben hier einen prima Beobachtungsposten und Petra hat uns eine ihrer Kameras mit Superteleobjektiv geliehen. Wir können alles sehen, als stünden wir direkt davor.«

»Irgendwas Besonderes?«

»Bisher nicht. Aber wir rufen an, wenn es was gibt. Garantiert.«

»Mensch, super. Wann soll ich denn?«

»Na, morgen früh hast du Schule. Kannst du direkt danach kommen? Gegen eins?«

»Klar. Nein, warte, ich hab doch Baby-Jo.«

»Tja, dann …«

»Sagen wir ab zwei, dann kriege ich das schon irgendwie hin.«

»Gut, ich hol dich ab.«

Auf heißer Spur

Holger schluckte, als Mira mit Baby-Jo und Nestroy zu ihm ins Auto stieg: »Du willst IHN mitnehmen?«

»Ich will nicht, ich muss.«

Holger schüttelte den Kopf, sagte aber nichts.

»Ich hab eine ganze Tüte mit Spielsachen dabei, er wird sich schon beschäftigen.«

Holger zuckte die Schultern.

»Du siehst müde aus.«

»Ich bin müde.«

»War was heute Nacht?«

»Nichts, niente, nitschewo – gar NICHTS!«

»Wir dürfen die Geduld nicht verlieren. Wenn sie weitermachen, müsste spätestens morgen ein neuer Anschlag erfolgen. Mindestens so lange sollten wir ausharren.«

»Du hast gut reden, du konntest die ganze Nacht schlafen…«

Holger fuhr auf das Gelände der alten Ziegelei und stellte den Wagen ab. Er führte sie über ein mit allerlei Unrat bedecktes Treppenhaus zu einem Raum im obersten Stockwerk. Dort saß Petra und starrte unentwegt durch ihre Kamera. Petra hatte sie auf einem Stativ platziert, einen alten Stuhl herangezogen und alles so eingestellt, dass man bequem im Sitzen beobachten konnte.

Holger fragte: »Gibt's was Neues?«

»Nichts. Die Firmentransporter kommen und gehen. Was sie transportieren, kann ich natürlich nicht erkennen.«

Mira hatte die Spielsachen für Baby-Jo ausgepackt, aber er zeigte wenig Interesse dafür, sondern schielte nach Nestroys Schwanz, der sicherheitshalber auf Distanz ging.

Holger erklärte ihr: »Wenn du etwas Verdächtiges bemerkst, rufst du an. Ich lass dir das Redaktionshandy da. Meine Nummer ist einprogrammiert. Du musst nur auf die 1 drücken. Klar?«

»Logo!«

»In drei Stunden übernimmt Jochen die nächste Schicht, dann hole ich dich ab. Kannst du heute Abend noch mal, so ab sieben?«

Mira schluckte: »Da bin ich zu einem Geburtstagsfest eingeladen.«

Holger verdrehte die Augen: »Geburtstag. Wir sollen uns hier den Hintern wund scheuern und du willst feiern?«

»Okay, okay, reg dich ab. Ich komme.«

»Prima. So gegen neun kann ich dann wieder übernehmen.«

Petra und Holger verabschiedeten sich, Mira starrte durch den Fotoapparat. Das war gar nicht so leicht, da sie gleichzeitig Baby-Jo nicht aus den Augen lassen durfte.

Vor allem ermüdete es. Denn wie Petra schon gesagt hatte: Es passierte einfach nichts, zumindest nichts Interessantes.

Gegen vier fuhr ein Taxi vor. Als Mira erkannte, wer ausstieg, griff sie sofort zum Telefon. Holger meldete sich. »Holger, wir haben einen Volltreffer gelandet.«

»Erzähl.«

»Eben ist unser Freund Dr. Kleinhans in einem Taxi vorgefahren.«

»Bist du sicher?«

»Holger, diese Nase erkenne ich selbst ohne Teleobjektiv. Jetzt begrüßt ihn jemand vor dem Eingang. Es ist der Vorstandsvorsitzende persönlich. Die beiden schütteln sich die Hände wie alte Bekannte. Jetzt gehen sie rein. Holger? Bist du noch dran?«

»Ja.«

»Was jetzt?«

»Bleib, wo du bist, ich komme!«

Fünfzehn Minuten später kam Holger angestrengt schnaufend in den Raum. »Oh, diese Treppen. Ich werde langsam alt. Ist er noch drin?«

Mira nickte. Holger schaute kurz durch den Fotoapparat. »Ich kann's nicht glauben. Ich kenne den Kleinhans seit Jahren. Der ist zwar manchmal ein bisschen verschroben. Aber nicht kriminell.«

»Und warum hat er dann so komisch reagiert, als ich ihn fragte, wie er darauf kommt, dass es nur EIN Täter gewesen sein könnte?«

»Keine Ahnung. Ich weiß nur… Was ist das?«

Draußen fuhr wieder ein Taxi vor. Holger schaute angestrengt durch die Kamera, Mira starrte direkt durchs Fenster. Nach einer knappen Minute kam Dr. Kleinhans aus dem Gebäude und stieg in das Taxi.

Holger schaute zu Mira auf. »Tatsächlich. Wir wühlen hier ganz tief im Mist.«

Mira nickte: »So wie es aussieht, ist da eine ziemliche Verschwörung im Gange.«

»Aber warum? Warum zum Teufel?«

»Ich schätze, diese Frage kann uns nur dein Dr. Kleinhans oder der Vandervelt beantworten.«

»Wer kann was beantworten?« Jochen, der Praktikant, stand im Türrahmen.

Mira und Holger klärten ihn auf. Zu dritt rätselten sie weiter, schließlich schaute Mira auf die Uhr. »O du Schande. Ich muss Baby-Jo zurückbringen.«

Holger spielte wieder den Fahrer. Erst lieferten sie einen völlig verdreckten Baby-Jo bei Tante Elsbeth ab, dann brachte Holger Mira nach Hause. Spontan wurde er zum Essen eingeladen.

»Es gibt Julia-Spezial-Eintopf«, flüsterte Mira. Holger warf ihr einen fragenden Blick zu.

Miras Mutter erklärte lachend: »Wir mussten unser Haushaltsgeld anzapfen, um das Julia-Kostüm zu finanzieren. Seitdem heißt jeder Eintopf, der auf den Tisch kommt, nur noch Julia-Spezial.

Holger lachte: »Na, als altgedienter Romeo MUSS mir der Eintopf ja schmecken.«

Mira fragte nach dem Abendessen: »Mama, darf ich heute Abend länger …?«

Ihre Mutter nickte: »Ich nehme an, Holger bringt dich nach Hause?«

Holger verbürgte sich dafür. Beide standen auf.

Im Auto fiel es Mira dann ein: »Mist! Ich hab ganz vergessen, mich bei Simons Geburtstag abzumelden.«

»Simon, DER Simon?«

»Ja, kann ich dein Handy haben?«

Mira musste es lange klingeln lassen, bis Simons Mutter abhob.

»Mira? Warum bist du nicht gekommen? Simon ist ganz geknickt.«

»Tut mir Leid. Kann ich ihn sprechen?«

»Nein, die sind gerade los ins Kino.« Mira schluckte. »Dann rufe ich später noch mal an.«

Mira gab Holger das Handy zurück.

Holger setzte Mira ab und nahm Jochen mit. Während seiner Schicht hatte sich nichts Besonderes ereignet. Inzwischen war

Feierabend. Nur in zwei Büros brannte noch Licht. Durchs Fenster konnte Mira nicht erkennen, wer darin arbeitete.

Nach einer Weile ging eines der Lichter aus. Kurz darauf kam Vandervelt aus dem Haupteingang und stieg in eine große schwarze Limousine. Langsam fuhr er vom Gelände, der Wachposten am Eingang verbeugte sich.

Mira schaute auf die Uhr. Es war schon kurz nach 22 Uhr. Sie griff zum Handy und probierte es noch einmal bei Simon.

Sie hatte Glück. Seine Gäste waren fort und Simon wurde von seiner Mutter an den Apparat geholt.

»Mira? Was ist los? Bist du krank?«

»Nein, aber ich konnte nicht kommen.«

»Hab ich gemerkt.«

»Ich hatte etwas Wichtiges …«

»Schade, ich dachte eigentlich, mein Geburtstag sei dir wichtig genug.« Simon klang frustriert.

Mira versprach: »Ich erklär dir morgen alles.«

»Warum nicht jetzt?«

»Es geht nicht.«

»Dann lass es.«

Simon hatte aufgelegt, Mira hörte nur noch ein gleichmäßiges Tuten.

Mira ärgerte sich. Da saß sie nun mutterseelenallein hier in diesem alten Schuppen herum und Simon war sauer auf sie. Den Feuerteufeln waren sie zwar auf den Fersen, aber wirklich weitergekommen waren sie nicht. Sie hatten nicht den Funken eines Beweises.

Also kramte sie ihr Textheft heraus und begann, ihre Rolle zu proben.

»Oh, lieber als dem Grafen mich vermählen,
heiß von der Zinne jenes Turms mich springen,
da gehen, wo Räuber streifen, Schlangen lauern,
und kette mich ...«

Mira hörte Schritte auf der Treppe. »Wer ist da?« Sie ging zum Türrahmen. Der Strahl einer Taschenlampe erfasste sie. »Ich bin's, Romeo.« Es tat gut, Holgers Stimme zu hören.

Roger war dabei. Er übernahm Miras Posten, und Holger ging mit ihr hinunter, um sie nach Hause zu bringen.

Die Rückfahrt verlief schweigend. Holger war sichtlich müde und auch Mira freute sich auf ihr Bett.

Da klingelte Holgers Handy. »Ja?«

Mira hörte aufmerksam zu. »Sicher? Ich weiß. Wir kommen.«

Holger riss das Steuer herum und gab Gas.

»Das war Roger. Unser Freund Senkendorff ist gerade aus dem Gebäude gekommen, mit einem großen Pilotenkoffer. Er lädt ihn in einen der Firmentransporter.«

Mira schluckte: »Glaubst du, er hat was vor?«

»Da würde ich mein Auto drauf wetten.«

Drei Minuten später klingelte erneut das Telefon, wieder war Roger dran: »Er fährt jetzt los, wo seid ihr?«

»Wir sind gleich da. Bleib dran und sag uns, in welche Richtung er fährt.«

Holger fuhr, so schnell er durfte. Sie waren immer noch ein paar Kilometer entfernt.

Roger meldete sich wieder: »Jetzt ist er am Pförtnerhäuschen vorbei und biegt links ab, Richtung Innenstadt.«

Holger freute sich: »Er kommt uns entgegen.« Dann wandte er sich an Mira: »Halte du Ausschau.«

Kurz darauf sahen sie den dunkelbraunen Transporter auf der anderen Fahrspur. Holger wartete, bis sie aneinander vorbei waren, dann wendete er und folgte ihm.

Er gab das Handy Mira, die Roger berichtete: »Wir sind dran. Ich mach jetzt Schluss, wir melden uns später.«

Sie folgten dem Wagen. Es war nicht einfach. Um diese Zeit war wenig Verkehr und so musste Holger großen Abstand halten. Der Transporter fuhr Richtung Innenstadt und bog schließlich in eine dunkle Seitenstraße nahe dem Marktplatz ab. Langsam fuhr Holger hinterher.

»Mist. Er hält. Soll ich ranfahren?«

Mira zischte: »Nein, fahr zügig vorbei, sonst merkt er was.«

Mira tauchte ab und Holger klappte seinen Jackenkragen hoch, als sie dicht an dem parkenden Auto vorbeikamen.

Am anderen Ende der Straße bogen sie um die Ecke und Holger hielt an. Beide stiegen aus. Nestroy folgte auf dem Fuß. Vorsichtig lugten die beiden ums Eck.

Die Straße war schlecht beleuchtet und so konnten sie wenig erkennen. Es gab dort einige Geschäfte im Erdgeschoss der vierstöckigen Gebäude. Drüber waren vor allem Arztpraxen und Büros. »Ein idealer Ort«, flüsterte Holger. »Hier wohnt fast niemand. Da gibt es nachts kaum ein Risiko, gesehen zu werden.«

Sie beobachteten den Transporter. Nichts regte sich darin. Holger wurde ungeduldig.

»Was macht der jetzt? Warum steigt er nicht aus?«

»Abwarten. Irgendetwas wird schon …«

In diesem Moment gab es nur wenige Meter vor ihnen einen grellen Lichtblitz und einen lauten Knall. Eine Hitzewelle schlug ihnen entgegen. Beide duckten sich rasch hinter die Wand. Geblendet von dem hellen Schein konnten sie überhaupt nichts mehr sehen. Sie hörten, wie der Transporter Gas gab und aus der Gasse in die Straße einbog. Noch bevor Mira und Holger etwas erkennen konnten, war er verschwunden.

Ausgebrannt

Mira und Holger hielten nach dem Feuer Ausschau. Eines der kleinen Geschäfte brannte lichterloh. Für amateurhafte Löschversuche war es bereits viel zu spät. Im Hintergrund hörten sie schon die Sirenen der Feuerwehr. Das Timing war wieder perfekt.

Holger ging etwas näher heran, um zu sehen, welches Geschäft brannte: »Es ist ein Computerladen.« Mira drängelte: »Komm, lass uns abhauen, bevor uns jemand sieht.«

Holger nickte: »Stimmt, ich habe keine Lust, unbequeme Fragen zu beantworten.«

Sie sprangen in Holgers Auto und fuhren gerade los, als der erste Feuerwehrwagen in die Gasse einbog.

Holger fasste zusammen: »Also hängt dieser Senkendorff ganz dick drin.«

»Und es sind mindestens zwei Täter.«

»Wieso?«

»Na, hast du gesehen, dass er die Bombe angebracht hat? Das muss vorher jemand anderer erledigt haben. Senkendorff hat das Ding nur ausgelöst.«

Holger dachte nach: »Glaubst du, dass er die Sachen zusammen mit Kleinhans ausheckt? Vielleicht ohne Wissen der Firma? Ich denke, es wäre jetzt besser, die Polizei einzuschalten.«

Er ließ den Wagen vor dem Haus der Morgensterns ausrollen.

Mira stieg aus. Sie schüttelte den Kopf: »Hast du Senkendorff gesehen? Kannst du beschwören, dass er im Auto saß? Und bist du dir sicher, dass außer Kleinhans nicht auch noch andere Polizisten verwickelt sein könnten? Am Ende ist dieser Harman auch dabei. Er hat mir ja deutlich zu verstehen gegeben, dass ich mich aus der Sache raushalten soll.«

Holger zögerte. »Also gut, die Zeit ist noch nicht reif. Aber was machen wir jetzt?«

»Ich weiß noch nicht. Zuerst brauche ich eine Mütze voll Schlaf. Lass uns morgen drüber reden. Ich bin erst nach eins zu Hause, wir haben Theaterprobe.«

»Komm doch gleich in die Redaktion. Ich gebe auch eine Runde Pizzaservice aus.«

Mira lächelte: »Gebongt.«

Die große Kostümprobe der Theater-AG verlief ganz nach Amanda Bollingers Erwartungen. Ihr Kleid wurde ausgiebig bewundert. Das Kostüm funkelte schon ohne Rampenlicht ganz außerordentlich. Den Text hatte Amanda, wie fast alle Mitspieler, gut gelernt. Nur bei Mira haperte es etwas. Frau Bloomsdorf musste ihr einige Male mit Stichwörtern aushelfen. Bei der Abschlussbesprechung musste Mira denn auch etwas Kritik einstecken. Sie versprach Frau Bloomsdorf, bis Samstag noch fleißig zu üben, und wurde dann gnädig entlassen.

Frau Bloomsdorf wies noch einmal alle auf den großen Tag hin: »Morgen, am Samstag, ist eure große Vorstellung. Sie beginnt um 20 Uhr. Ihr solltet aber bis spätestens 19 Uhr hier eintreffen.«

Alle nickten eifrig. Frau Bloomsdorf verließ den Raum. Auch Simon wollte gehen. Doch Mira stellte sich ihm in den Weg: »Bist du noch sauer?«

Simon knurrte: »Wieso interessiert dich das? Du hast doch WICHTIGERES zu tun.«

Mira schluckte: »Komm, Simon, das ist nicht fair. Ich konnte wirklich nicht kommen. Wir waren den Feuerteufeln auf der Spur.«

»Hast du wieder Detektiv gespielt?«

Mira beschloss, auf seine Stichelei nicht einzugehen. »Hier, das wollte ich dir gestern schenken. Ich hoffe, du hast noch keine neue.«

Simon wurde verlegen: »Danke.« Er packte aus: »Wow, das ist echt nett. Mein Vater hat mir schon angedroht, dass ich eine neue Luftpumpe von meinem Taschengeld bezahlen müsste. Danke.«

Mira schaute Simon direkt ins Gesicht: »Okay? Können wir uns wieder vertragen?«

Simon lächelte: »Wenn es dir WICHTIG genug ist...«

Mira knuffte Simon am Ärmel. »Ich muss leider gleich wieder los.«

Simon lachte. »Lass mich raten: Du hast was WICHTIGES zu erledigen?«

Vor der Schule wartete Nestroy. Mira verabschiedete sich von Simon und brach mit ihrem Kater und knurrendem Magen zur Redaktion der *Morgenpost* auf.

Holger erwartete sie bereits mit einer duftenden Tunfischpizza. Mira lief das Wasser im Munde zusammen. Holger meinte: »Ich dachte, ich nehme Tunfisch, damit Nestroy auch etwas davon hat.«

Mira schmunzelte: »Nestroy mag JEDE Pizza.«

Alle drei futterten schweigend. Schließlich kam Holger zur Sache: »Zum Nachtisch gibt es das neueste Bekennerschreiben.«

Mira las: »Wer die Technik anbetet, lebt in Sünde. Wir befreien die Menschheit. Lasst ab von der Sünde für alle Zeiten oder seid verdammt. Die Feuerteufel«

Mira kommentierte: »Nicht schlecht für eine Bande, die ihr Geld mit Technik verdient.«

Holger fragte: »Also, hast du eine Idee, Mira?«

Mira grinste: »Wir sollten sie irgendwie provozieren.«

»Was meinst du damit?«

»Na, wenn wir ihnen signalisieren, dass ihnen jemand auf den Fersen ist, dann machen sie vielleicht irgendeinen Fehler.«

»Oder sie hören einfach auf.«

»Das glaube ich nicht. Irgendetwas haben die vor. Es gibt einen Grund. Und wenn der stark genug ist, um zum mehrfachen Brandstifter zu werden, dann hören sie nicht so einfach auf. – Was ist das?« Mira hielt einen dicken farbigen Prospekt hoch, der das Firmenlogo der ServeTronic AG trug.

»Oh, das sind die Unterlagen, die mir dieser Senkendorff geschickt hat. Ich bin noch gar nicht dazu gekommen, sie durchzusehen.«

Mira blätterte. Holger fragte: »Und wie willst du sie provozieren?«

»Ich dachte, da könnte dir ruhig was einfallen …«

Holgers Telefon klingelte. Mira blätterte weiter, während Holger abhob.

Mira brummte: »Mann, haben die einen Haufen Gremien: Aufsichtsrat, Vorstand, Technischer Beirat.« Plötzlich sprang ihr ein Name ins Auge. Sie sprang auf:

»Dr. Kleinhans!«

Fast gleichzeitig rief Holger: »Dr. Kleinhans!«

Mira schluckte. Holger hielt die Hand auf den Mund und schaltete den Lautsprecher ein.

»Dr. Kleinhans, wie geht's Ihnen?«

»Schlecht, aber das tut nichts zur Sache.«

»Sind Sie krank?«

»Nicht körperlich.«

»Was gibt es denn?«

»Ich hatte versprochen, Sie anzurufen, wenn es neue Erkenntnisse gibt.«

»Und es gibt welche?«

»Nicht direkt, aber es gibt etwas, das ich Ihnen erzählen möchte. Und ich brauche einen Rat – von jemandem, der nicht gezwungen ist, meinen Vorgesetzten Meldung zu machen.«

Holger runzelte die Stirn. Mira nickte aufmunternd.

»Gut, wann haben Sie denn Zeit?«

»Geht es jetzt gleich?«

Mira nickte. Holger bestätigte: »Kein Problem. Wir sind in einer Viertelstunde bei Ihnen.«

Ausgetrickst

Dr. Kleinhans empfing sie in sichtlich aufgelöstem Zustand. Seine Frisur war zerwühlt, die Krawatte saß schief. Offensichtlich war er sehr nervös. Er führte Mira und Holger in sein kleines Büro und schloss sorgfältig die Türe hinter ihnen. Holger nickte ihm auffordernd zu.

Dr. Kleinhans räusperte sich und begann: »Ich muss Ihnen etwas gestehen – bevor Sie es nächste Woche auf offiziellem Wege erfahren. Ich möchte nicht, dass Sie glauben, ich hätte Sie mit böser Absicht hinters Licht geführt. Denn ich vermute, dann wären Sie ziemlich sauer auf mich.«

»Und ob!«, bestätigte Holger.

Dr. Kleinhans zögerte: »Kann ich auf Ihr Schweigen vertrauen?«

Holger antwortete vorsichtig: »Wir wollen nicht zu Komplizen werden.«

»Davon rede ich gar nicht. Sie werden sehen, zu solchen Befürchtungen besteht kein Anlass.«

»Schießen Sie los.«

Mira setzte sich auf die Schreibtischkante.

Dr. Kleinhans räusperte sich: »Ich weiß, woher die Technik für die Brandbomben stammt.«

Mira nickte: »Wir auch.«

Kleinhans schaute irritiert. Holger forderte ihn auf: »Weiter.«

»Ich weiß es schon etwas länger, aber ich wollte ganz sichergehen. Es ist die Firma …«

Holger ergänzte: »… ServeTronic.«

Kleinhans rief erschrocken: »Woher wissen Sie denn das?«

Mira fuhr fort: »… bei der Sie im technischen Beirat sitzen.«

Jetzt rief Holger ebenso überrascht: »Woher weißt du das?«

Mira hob den Firmenprospekt in die Höhe: »Ich kann lesen. Jetzt lassen wir Dr. Kleinhans aber ausreden.«

»Danke. Also: Es stimmt. Ich bin seit mehreren Jahren im technischen Beirat von ServeTronic. Mit Wissen meines Arbeitgebers, wohlgemerkt. Mit Wolfgang Vandervelt bin ich seit langer Zeit befreundet. Ich kenne ihn gut. Und darum weiß ich auch, dass er niemals in krumme Geschäfte verwickelt wäre. Sie können sich denken, wie geschockt ich war, als ich feststellen musste, dass die Brandbomben der Feuerteufel mit modernster ServeTronic-Technik ausgestattet waren. Ich wusste nicht, was ich tun sollte. Hätte ich die Sache gemeldet, dann wäre mein Freund Vandervelt völlig unschuldig in Verdacht gekommen. Seine Firma lebt von öffentlichen Aufträgen. Auch beim leisesten Schatten eines Verdachtes müsste er seine Firma schließen. Gestern dann entschloss ich mich, Vandervelt zur Rede zu stellen.«

Mira nickte: »Das wissen wir.«

»Was wissen Sie eigentlich nicht? Nun, Vandervelt hat mir geschworen, dass er nichts mit der Sache zu tun hat. Er findet sie genauso abscheulich wie ich. Gemeinsam mit seinem Presseverantwortlichen haben wir überlegt, was wir tun könnten.«

»Und zu welchem Ergebnis sind Sie gekommen?«, fragte Holger.

»Herr Senkendorff, der Pressesprecher, konnte Vandervelt davon überzeugen, die Polizei noch nicht zu verständigen.«

Mira kommentierte: »DAS kann ich mir denken.«

»Vandervelt sah zwar die Gefahr für die Firma, aber er ist ein sehr korrekter Mensch. Er hofft darauf, dass Senkendorff die Öffentlichkeit davon überzeugen kann, dass ServeTronic mit den Anschlägen nichts zu tun hat. Wir haben schließlich vereinbart, dass ich meine Ergebnisse am Montag weiterleite. Vandervelt wird in der Zwischenzeit seine Anwälte vorbereiten.«

Mira schluckte: »Und Senkendorff war einverstanden?«

»Ja, warum nicht?« Dr. Kleinhans sah Holger an: »Ich habe Sie nicht nur ins Vertrauen gezogen, weil Sie das meiste in Kürze ohnehin erfahren hätten. Sondern weil ich außer Ihnen nur Kollegen aus dem Polizeidienst kenne – und die hätten über die Sache sofort Meldung erstatten müssen. Sie können außerdem als Journalist die Reaktion der Öffentlichkeit viel besser einschätzen als ich. Was meinen Sie? Ich glaube, Vandervelt sieht alles etwas naiv. Ich bin überzeugt, dass es für seine Firma das Aus bedeuten würde, wenn die Polizei mit einem Durchsuchungsbefehl dort aufkreuzt. Und das wird sie, wenn ich am Montag meine Ergebnisse an Harman weiterleite. Die Firma ist Vandervelts Lebenswerk, und er hat es nicht verdient, so kläglich – und unschuldig – zu scheitern.«

Holger grübelte. Mira flüsterte ihm etwas ins Ohr. Holger schaute wenig überzeugt drein. Mira flüsterte noch einmal. Holger sah Dr. Kleinhans an: »Handeln Sie wie vereinbart. Wir sind uns sicher, dass es keinen Unterschied für ServeTronic macht, wenn Sie die Informationen noch zurückhalten.«

Kleinhans schien erleichtert. Mira hatte noch eine Bitte: »Könnten wir vielleicht kurz einmal mit Vandervelt telefonieren? Wir hätten da noch zwei Fragen.«

Kleinhans war jetzt sehr kooperativ: »Warum nicht. Er müsste noch in seinem Büro sein. Ich habe eine direkte Nummer. Moment.«

Kleinhans zog ein Notizbuch aus der Tasche und wählte eine Nummer. Er hatte Glück und erreichte Vandervelt. Er berichtete ihm von Holger und gab dann den Hörer weiter.

Holger übernahm und kam gleich zur Sache: »Ihr Pressesprecher, Herr Senkendorff, ist er schon lange in Ihrer Firma?… So, seit vier Monaten. Und hat er Zugang zu Ihren Forschungsdaten?«

Holger bedankte sich und legte auf. Dann verabschiedeten sie sich von Dr. Kleinhans.

Erst im Auto ging das Gespräch weiter. Holger berichtete: »Senkendorff ist erst seit kurzem bei der Firma. Aber er hatte prima Zeugnisse und wurde von einem führenden Mitarbeiter des Unternehmens empfohlen. Zugang hat er zu allem, was nicht streng geheim ist, wie zum Beispiel die neue Software, mit der die Firma nächstes Jahr den Durchbruch auf dem Markt erreichen will. Bei der Einstellung musste er eine Sicherheitsprüfung über sich ergehen lassen – es gab keine Bedenken. Was denkst du, ist er ein Einzeltäter?«

Mira schüttelte den Kopf: »Ich wollte, es wäre so. Dann würde alles passen: Ein Typ ist in seinem Beruf nicht glücklich und wird nachts zum Kleinterroristen, der seinen Frust rauslässt. Typischer Psychopath. Aber wir wissen, dass er es nicht alleine gemacht haben kann. Außerdem macht er mir einen viel zu cleveren Eindruck.«

Holger wirkte ratlos: »Was sollen wir jetzt machen? Warten, bis die Polizei am Montag von Kleinhans auf die richtige Spur gelotst wird?«

»Auf gar keinen Fall. Was auch immer Senkendorff plant: Es soll am Wochenende stattfinden.«

»Warum?«

»Weil er zugelassen hat, dass am Montag die Polizei informiert wird. Das hat er nur gemacht, weil er bis dahin seinen Plan ohnedies ausgeführt hat.«

»Aber was kann das sein?«

»Soll ich es dir sagen?«

»Ja, bitte!«

»Ich habe nicht die geringste Ahnung.«

Ausgespielt

Holger seufzte: »Wenn du Recht hast – und das glaube ich –, dann bleibt uns nur übrig, unseren Beobachtungsposten wieder zu aktivieren.«

Holger rief vom Auto aus Petra und Roger an, beide ließen sich noch einmal breitschlagen. Jochen war leider übers Wochenende auf einem Seminar. Doch sie würden es auch zu viert schaffen. Mira wollte am Samstag Wache schieben, aber Holger verbot es ihr. Er meinte, sie müsse sich auf ihren großen Abend als Julia konzentrieren. Sie könne immer noch am Sonntag mit dabei sein. Widerstrebend fügte sich Mira.

Mira probte den ganzen Abend zu Hause für ihre Rolle. Schließlich ließ sie sich von Julius abhören. Es klappte perfekt. Trotzdem schlief sie nicht gut in dieser Nacht. Sie träumte von Feuer. Immer wieder sah sie sich im Julia-Kostüm, eingeschlossen von den Flammen. In unerreichbarer Ferne ihr Romeo.

Morgens war Mira wie gerädert. Sie legte sich nach dem Frühstück noch einmal hin. Nach dem Mittagessen verzog sie sich auf ihr Zimmer und übte noch ein letztes Mal für den großen Abend. Um vier hatte sie die Nase voll, das Lampenfieber stieg allmählich ins Unerträgliche. Um sich abzulenken, schaltete sie den Fernseher ein.

Auch Julius war jetzt fort bei Freunden. Mama war bei einer Bekannten, um ihre Haare für den großen Theaterabend richten zu lassen. Mira und Nestroy hatten das Haus für sich allein.

Es lief eine Nachrichtensendung. Mira sah nur mit einem Auge hin.

Das Telefon klingelte. Es war Holger:

»Hey, ich bin gerade allein in der Ziegelei. Um neun kommt Petra, um mich abzulösen. Ich wollte dir nur noch mal alles Gute für heute Abend wünschen. Toi, toi… krrr…«

Mira stutzte: »Was ist los?«

»Kkkr… Ach, nichts. Es ist nur der Akku. Ich muss Schluss machen… krrr… Sonst habe ich keinen Saft… krrr… ernst wird.«

»Okay, tschüss.«

Aber Holger hatte schon aufgelegt.

Mira schlenderte zurück ins Wohnzimmer. Als sie den Namen »Dr. Grosch« hörte, wurde sie aufmerksam. Tatsächlich. Da war der kleine, dicke Forschungsleiter, mit Hut und Trenchcoat. Er wurde zu irgendeinem technischen Thema interviewt.

Schlagartig durchfuhr es Mira wie ein Blitz. Jetzt wusste sie, wo sie Dr. Grosch schon einmal gesehen hatte. An dem Tag, an dem Nestroy brennend von der Eiche gestürzt war. Kurz vor dem Brand hatte er mit Hut und Jacke unter der Eiche gestanden und beim Spiel zugeschaut.

Mira schluckte. Das konnte kaum ein Zufall gewesen sein. Was, wenn Dr. Grosch der Partner von Senkendorff war? Wenn die beiden gemeinsame Sache machten? Zwei würden ausreichen, um die Anschläge zu organisieren. Und wer kannte sich besser mit der Technik aus, wer hatte einen direkteren Zugriff auf die Bauteile als Dr. Grosch?

Sagte Holger nicht, Senkendorff sei von einem führenden Mitarbeiter empfohlen worden? Wenn das nun Grosch war?

Mira rannte zum Telefon. Sie wählte Holgers Handynummer. Doch sie bekam nur eine unpersönliche Bandansage: »Der Teilnehmer ist vorübergehend nicht erreichbar.«

Mira fluchte. Sie versuchte, in Holgers und Petras Wohnung anzurufen. Aber dort hob niemand ab. Nervös kaute sie an ihren Fingernägeln. Ihr Blick fiel auf die Uhr. Halb fünf. In zweieinhalb Stunden musste sie in der Schule sein. Es konnte reichen.

Schnell schrieb sie einen Zettel: »Bin unterwegs. Wir treffen uns in der Schule. Kuss, Mira«, klebte ihn an die Küchentüre und flitzte aus dem Haus. Sie öffnete die Garage und schwang sich auf ihr Fahrrad. Nestroy war ihr gefolgt und sprang in den Korb, der am Lenkrad befestigt war.

Die Strecke bis hinaus ins Industriegebiet war weit, aber Mira legte sich mächtig ins Zeug.

Nach einer halben Ewigkeit fiel sie im Hof der alten Ziegelei halb tot vom Rad. Sie musste einige Minuten Luft holen, bis sie an Holgers Kabrio vorbei in das Treppenhaus kam und sich an den Aufstieg machen konnte.

Holger staunte nicht schlecht, als Mira eintrat.

»Was machst du hier? Willst du dich vor der Vorstellung heute Abend drücken?«

Mira erzählte ihm von Dr. Grosch. Aber Holger war nicht besonders begeistert: »Warum sollte eine Kapazität wie Dr. Grosch nach Feierabend als Feuerteufel durch die Gegend ziehen? Der Mann lebt doch von der Technik.«

»Holger, wo bleibt deine Fantasie?«

Holger brummte: »Ich glaube, davon haben wir zu viel. Wir langweilen uns hier zu Tode. Ich glaube, wir sind auf der falschen Fährte. Wir packen das verkehrt herum an.«

Mira schluckte. Verkehrt herum. Das war es. Sie wurde bleich. Dann flüsterte sie mit belegter Stimme: »Und was ist, wenn es diesmal umgekehrt ist?«

»Was meinst du mit umgekehrt?«

»Na, wenn die Firma diesmal nicht der Ausgangspunkt ist, sondern das Ziel!«

»Jetzt kapiere ich gar nichts mehr.«

Mira spazierte im Kreis: »Wenn die beiden zu zweit die Feuerteufel sind und einen religiösen Feldzug gegen die Technik an sich unternehmen: Was läge dann näher, als ein Feuer bei der modernsten Technologiefirma der Stadt zu legen?«

»Du meinst, bei ServeTronic?«

»Genau. Ein schönes, großes Feuer, das alle bisherigen an Wirkung um das Zigfache übersteigt. Ein einzigartiger Höhepunkt.«

Holger blieb skeptisch: »Warum sollten die ihr eigenes Unternehmen anzünden?«

»Es ist eben nicht ihr Unternehmen. Darum hatte Senkendorff auch nichts dagegen, dass Kleinhans am Montag die Polizei informiert. Weil ServeTronic bis dahin nur noch aus einem Häuflein Asche bestehen sollte.«

Mira rammte die rechte Faust in ihre linke Handfläche. »Das ist es!«

Holger dachte nach: »Rein theoretisch wäre das möglich. Aber ich glaube einfach nicht, dass die beiden so durchgeknallt sind.«

»Sind wir auch nicht.«

Mira und Holger fuhren herum – und starrten in die Gesichter von Senkendorff und Dr. Grosch. Die beiden standen im Türrahmen. In der Hand hielten sie zwei gefährlich groß aussehende Pistolen.

Langsam hoben Holger und Mira die Hände. Mira zischte: »Wenn du mir nicht glaubst, vielleicht glaubst du den beiden?«

Holger brummelte: »Keine Frage, bei den Argumenten.«

Dr. Grosch trat in den Raum: »Das Witzereißen wird euch schon noch vergehen.«

Senkendorff folgte ihm. In der linken Hand hielt er einen Pilotenkoffer. Er warf einen Blick auf die Uhr: »Wir sollten uns beeilen, Ewald. Denk an unseren Zeitplan.«

Dr. Grosch antwortete barsch: »Wir haben genug Zeit. Erst kümmern wir uns um die beiden Amateurschnüffler hier.«

Nestroy begann gefährlich fauchend auf die beiden Gangster zuzugehen. Senkendorff legte auf den Kater an. Mira schrie: »Nein!«

Da gab Dr. Grosch Nestroy einen kräftigen Tritt, der ihn an die Wand schleuderte. Bewusstlos blieb er dort liegen.

Mira stürzte sich, rot vor Wut, auf Dr. Grosch. Der schlug mit der Pistole nach ihr. Aber Mira hatte ihn schon aus dem Gleichgewicht gebracht. Beide wälzten sich kämpfend am Boden. Der Dicke war zwar wesentlich stärker als Mira, aber lange nicht so flink. Senkendorff zielte mit der Pistole, traute sich aber nicht abzudrücken, weil er damit rechnen musste, seinen Komplizen zu treffen. Dabei achtete er nicht auf Holger. Schließlich hatte Mira sich freigestrampelt. Senkendorff legte auf sie an und krümmte den Finger am Abzug. Holger schrie: »Lauf, Mira, hol die Polizei!«, und sprang Senkendorff mit ganzer Kraft in den Rücken.

Mira spurtete ins Treppenhaus. Sie nahm vier Stufen auf einmal. Zwei Stockwerke tiefer hielt sie inne. Von oben drangen leise Stimmen. Aber sie hörte keine Schritte, die ihr folgten.

Sollte sie versuchen, die Polizei zu alarmieren? Aber was stellten sie in der Zwischenzeit mit Holger und Nestroy an, waren sie dann nicht über alle Berge?

Mira schluckte. Sie nahm ihren ganzen Mut zusammen. Dann schlich sie langsam die Treppe hinauf.

Ausgeschaltet

Minuten später schielte Mira um die Türöffnung in den kahlen Raum. Er war leer. Sie schlich vorsichtig hinein. Vom anderen Ende des Raumes zweigte ein schmaler Flur ab, aus dem Stimmen drangen. Sie lugte hinein. Auf der linken Seite befand sich ein kleiner Raum mit einer offen stehenden Stahltüre. Über dem Eingang stand »Technik« in alten, verwitterten Buchstaben auf die Wand gemalt. Gegenüber lehnte eine kurze Bockleiter an der Wand. Wenige Meter weiter ging der Flur in einen weiteren, fensterlosen Raum über. Mira schlich näher. Dort hielten sich die drei auf. Holger saß gefesselt auf dem Stuhl in der Mitte des Raumes. Nestroy war immer noch bewusstlos. Sie hatten ihn in Holgers Schoß gelegt. Mit Entsetzen sah sie, dass sich unter Holgers Stuhl ein Kanister mit angeklebtem Kasten befand. Eine Brandbombe!

Eben meinte Senkendorff zu Holger: »Gleich werden wir drüben in der Firma die Brandbombe zünden. Dieses Exemplar hier empfängt auf der gleichen Frequenz. Nur hat es noch eine kleine Zeitverzögerung. Es explodiert genau eine Minute später. Dafür waren wir nett. Es enthält kein Benzin, sondern ein hübsches Päckchen Sprengstoff. Damit Sie nicht so leiden müssen. Es geht ganz schnell. Versprochen! Dann ist es vorbei. Und die Polizei wird davon ausgehen, dass einer der Feuerteufel einen bedauernswerten kleinen Fehler begangen hat…«

Staunend hörte Mira, wie Holger geschickt versuchte, die beiden Ganoven hinzuhalten. Er betrachtete Dr. Grosch ehrfurchtsvoll: »Ich wusste, dass Sie ein intelligenter Mann sind. Dass Sie aber so ein Genie sind, hätte ich nie erwartet.«

Dr. Grosch lächelte selbstzufrieden. »Sie haben ja nicht mal die Hälfte unseres Plans durchschaut.«

Holger öffnete staunend den Mund: »Nein?«

»Jetzt können wir es Ihnen ja ruhig erzählen. Wir haben die Feuerteufel nur erfunden, um diesen Tag heute vorzubereiten. In wenigen Stunden sind wir mit sämtlichen Plänen und der Originalsoftware für die neue digitale Fernsteuergeneration bereits auf dem Weg in den Nahen Osten. Dort haben wir sehr gut zahlende Abnehmer. Wir werden den Rest unseres Lebens in unermesslichem Wohlstand verbringen. Und das Schönste dabei: Keiner wird jemals merken, was hier wirklich gespielt wurde.«

»Sie vergessen Mira.«

»Pah. Wer wird schon einem kleinen Mädchen glauben, das nichts weiß und keine Beweise hat.«

Senkendorff wandte ein: »Komm, Ewald, wir müssen weg hier. Die Kleine hat bestimmt schon die Polizei verständigt.«

»Unsinn. Wir haben doch die Luft aus dem Fahrrad gelassen. Zu Fuß dauert es eine Ewigkeit bis zur nächsten Telefonzelle. Gib mir noch eine Minute.« Holger schoss eine weitere Frage ab: »Und wie haben Sie uns hier gefunden?«

Beide Ganoven sahen zu Holger. Mira nutzte die Chance, um kurz hinter dem Türrahmen hervorzusehen und Holger zuzuwinken. Der verzog keine Miene, obwohl er sie gesehen haben musste.

Dr. Grosch kicherte: »Ob Sie es glauben oder nicht: gar nicht! Wir wollten die Brandbombe von hier aus zünden und uns ein wenig an dem Feuerchen ergötzen. Als wir in den Hof bogen, fanden wir das Auto und schlichen leise das Treppenhaus herauf. Tja, den Rest kennen Sie. Wir hatten bis vorhin keine Ahnung, dass Sie uns so dicht auf den Fersen waren. Aber wie sagt man? Das Glück ist mit den Tüchtigen.«

»Aber ich dachte, Sie wollten die Unterlagen stehlen, nicht vernichten?«

»In den Ordnern befinden sich ohnehin nur Altpapier und leere Disketten. Das Zeug haben wir gestern bereits herausgeschafft. War ja kein Problem für mich. Schließlich nehme ich als Forschungsleiter ständig Arbeit mit nach Hause.«

Dr. Grosch rieb sich die Hände und fuhr fort: »Das gibt nachher ein nettes kleines Feuerwerk. Bis die Sprinkleranlage ihr Werk vollbracht hat, ist der Aktenschrank, um den es geht, völlig abgebrannt. Die Firma steht vor dem Nichts. Ihr fehlen die neuesten Forschungsergebnisse, alle Sicherungsdisketten – und der Forschungsleiter ...«

»Ewald. Los jetzt.«

Dr. Grosch wandte sich mit einem bedauernden Blick ein letztes Mal an Holger: »Also, es war nett, Sie kennen gelernt zu haben.«

Er drehte sich um und marschierte schnurstracks zum Ausgang – hinter dem Mira sich versteckt hatte. Senkendorff folgte ihm mit der Fernbedienung in der Hand. Beide steckten ihre Pistolen in die Taschen. Mira schaute sich verzweifelt um. Jeden Moment würden sie sie entdecken.

»Wer bist du, Teufel, der du mich so folterst?
Die grause Hölle nur brüllt solche Qual.«

Die beiden Gangster blieben stehen und drehten sich zu Holger um, der sie freundlich anlächelte.

Senkendorff meinte: »Jetzt ist er völlig durchgedreht.«

Dr. Grosch zuckte mit den Schultern. »Vielleicht fantasiert er?«

Mira atmete auf. Holger wollte ihr Zeit verschaffen, indem er aus *Romeo und Julia* zitierte. Doch wie sollte sie die Zeit nutzen?

Da ertönte wieder Holgers Stimme:

»Wir wären beid' in einem Haus, in welchem
die böse Seuche herrschte, siegelten
die Türen zu und ließen uns nicht gehen …«

Grosch schüttelte den Kopf: »Ein Spinner!«

Mira aber dachte anders. Holger wollte ihr etwas sagen. Aber was? Fieberhaft sah Mira sich um. Dort, der ehemalige Technikraum, mit einer offen stehenden Stahltüre.

»… siegelten die Türen zu …«

Meinte er das?

Mira schaute sich suchend um, die Bockleiter dort in der Ecke. Ja, das könnte klappen. Schnell hob sie die Leiter auf und hielt sie quer vor sich. Gerade noch rechtzeitig, denn nun entschied Dr. Grosch: »Komm, lass uns gehen. Wir haben Wichtigeres zu tun.«

Sie drehten sich um und gingen beide durch die Türe. Mira, die sich tief in das schattige Eck geduckt hatte, wartete den richtigen Augenblick ab, bevor sie mit einem lauten Schrei nach vorn stürzte. Mit der quer gehaltenen Leiter rammte sie die beiden Ganoven, die das Gleichgewicht verloren und in den Technikraum stürzten. Mira wäre fast hinterhergestolpert, doch die Bockleiter knallte rechts und links gegen den Türrahmen. Mira bekam einen Schlag vor die Brust und fiel rückwärts um. Sie warf die Leiter zur Seite.

Drinnen fluchten die beiden Ganoven und versuchten, sich aufzurappeln. Dabei stürzte Senkendorff wieder und fiel auf die Fernsteuerung. Schlagartig ertönte drüben auf dem Firmengelände eine Explosion.

Mira schmiss die Stahltüre zu. Doch zu ihrem Entsetzen musste sie feststellen, dass die Türe weder einen Riegel noch einen Schlüssel hatte. Panisch schaute sie sich nach Hilfe um. Holger riss nur hilflos an seinen Fesseln. Er schrie: »Tu was! In einer Minute geht die Bombe hier hoch.«

Drinnen rappelten sich die Gangster wieder auf. Sie versuchten, die Tür aufzudrücken. Mira klemmte sich unter den Griff und verhinderte so, dass die Ganoven ihn hinunterdrücken konnten. Sie schaute sich um. Die Bockleiter. Sie versuchte, sie mit der Hand zu erreichen, aber es ging nicht. Drinnen rissen beide mit aller Kraft am Griff. Miras Schlüsselbein drohte zu brechen. Der Schmerz war unerträglich, die Sekunden verrannen.

Mira angelte mit dem Fuß nach der Bockleiter. Da, jetzt hatte sie die oberste Sprosse erwischt. Mira zog sie mit der Fußspitze so heran, dass sie sich danach bücken konnte. Drinnen hörten die Gangster auf, am Griff zu zerren. Mira sprang blitzschnell zur Seite und stemmte die Bockleiter schräg unter den Griff. Ihre Schulter schmerzte höllisch. Im Raum fielen Schüsse. Sie schossen auf die Türe. Doch die Kugeln hinterließen in der Stahltüre nur kleine Ausbuchtungen. Mira schleppte sich zu Holger, der vor Panik zitterte. »Mira, tu was, wir haben höchstens noch zehn Sekunden.«

Mira raffte sich ein letztes Mal auf. Sie schnappte die Bombe und stürzte los. Holger rief ihr hinterher: »Miraaaaa!« Doch Mira rannte weiter, durch den schmalen Flur, bis ins Beobachtungszimmer. Dort holte sie Schwung und warf die Bombe in vollem Lauf durch die Fensterscheibe. Das Letzte, was Mira sah, waren die unzähligen Scherben, in welche die Scheibe zerbarst, danach ein greller Lichtblitz. Dann wurde es dunkel um sie.

Ein Kater killt die Konkurrenz

Als Mira die Augen aufschlug, blickte sie in Holgers besorgtes Gesicht.

»Alles okay? Du siehst aus, als hättest du dich eine Woche im Dreck gesuhlt.«

Mira dachte lange nach. »Ich glaube, es ist noch alles dran.«

Sie schreckte hoch. »Was ist mit Nestroy?« In diesem Moment hüpfte der Kater auf ihre Brust und begann, Mira das Gesicht abzulecken.

Holger lächelte: »Die Feuerwehr ist bereits an der Arbeit. Es sieht so aus, als könnte sie den Schaden drüben in Grenzen halten.«

»Und die Gangster?«

»Hat Harman bereits eingesackt. Sie werden gerade aufs Revier verfrachtet. Harman will natürlich noch ausgiebig mit uns sprechen, aber ich glaube, du hast einen neuen Fan.«

Mira versuchte aufzustehen. Holger drückte sie wieder hinunter. »Bleib liegen. Ein Krankenwagen ist unterwegs.«

Mira ließ sich zurücksinken, plötzlich schreckte sie wieder hoch. »Verflixte Feigenfratze. Heute ist der Tag meines Lebens.«

»Das glaube ich auch, Mira.« Holger beugte sich zu ihr herab und strich ihr verschwitztes Haar aus der Stirn.

»Und ich komme zu spät.«

»Wieso zu spät? Du bist gerade noch rechtzeitig gekommen.«

»Quatsch. Viel zu spät. In die Schule. Julia! Romeo und Julia. Wir spielen doch heute Abend! Und in einer Viertelstunde soll es losgehen. Mann, wenn ich nicht pünktlich komme, dann bekommt diese arrogante Amanda die Rolle.«

Holger zögerte. Aber nur eine Sekunde. Dann reichte er Mira lächelnd die Hand: »Na, dann sollten wir uns wohl beeilen.«

Mira griff zu und Holger zog sie mit einem Ruck auf die Beine. Die beiden humpelten das Treppenhaus hinab zu Holgers Wagen.

Harman trat plötzlich vor Mira: »Glückwunsch, Mädchen. Aber dennoch haben wir eine Menge zu besprechen, bevor ich euch gehen lassen kann.«

Holger trat dazwischen. »Herr Kommissar, wir laufen Ihnen nicht weg, aber diese junge Dame hat heute noch einen wichtigen Termin.«

»So? Welchen denn?«

»Sie soll in zehn Minuten die Julia spielen.« Harman nickte: »Also schön. Aber morgen Vormittag erwarte ich euch beide um Punkt neun auf dem Revier.«

Holger nickte: »Morgen. Das geht klar!«

Holger hielt Mira mit elegantem Schwung die Beifahrertüre auf, wartete, bis sie ihre Beine zusammengefaltet hatte, und schubste Nestroy hinterher. Beinahe zeitgleich sprang er selbst auf den Fahrersitz.

Mira stöhnte: »Ich will ja nicht drängeln, aber...«

»... aber was?«

»Na, wir haben höchstens noch fünf Minuten, dann beginnt die Show und ich kann mir die Julia abschminken.«

Holger trat das Gaspedal durch, ohne auf den Tacho zu achten, und lächelte: »Dein Wunsch ist mir Befehl.« Exakt vier Minuten und achtunddreißig Sekunden später hielt Holger mit qualmenden Reifen vor dem Haupteingang der Schule. Entsetzt stoben zahlreiche elegant gekleidete Eltern auseinander. Unbeeindruckt sprang Holger aus dem Auto, raste auf die Beifahrerseite und half Mira aus dem Wagen. Holger hakte Mira unter und sprintete mit ihr die Stufen zum Haupteingang hinauf.

»Nicht so schnell, du tust mir weh!«

»Willst du spielen oder jammern?«

Mira biss die Zähne zusammen. »Ich komme ja schon …«

Unterdessen standen in der Garderobe sämtliche Teilnehmer aufgeregt und ratlos herum. Frau Bloomsdorf kaute nervös an ihren Fingernägeln. Simon, angezogen und geschminkt als unwiderstehlicher Romeo, schaute alle drei Sekunden auf die Uhr. Frau Bloomsdorf klatschte in die Hände. »Ich kann nicht länger warten, Kinder …«

Amanda stürzte auf die Lehrerin zu: »Geben Sie mir die Rolle. Ich habe den ganzen Text extra auswendig gelernt.«

Frau Bloomsdorf war verwirrt: »Du?«

»Ja, ich hätte die Rolle sowieso viel eher verdient als dieses Proletengör.«

Frau Bloomsdorfs Augen verengten sich zu schmalen Schlitzen. Amanda merkte, dass sie zu weit gegangen war. »Ich meine, wichtig ist doch nur, dass das Stück läuft. Stellen Sie sich die Blamage vor, wenn wir nicht spielen können.«

Frau Bloomsdorf wagte nicht, sich die Folgen auszumalen. Also nickte sie bedächtig: »Gut, dann wollen wir es versuchen.«

Amanda wähnte sich am Ziel ihrer Träume.

Simon protestierte: »Warten wir noch fünf Minuten. Mira kommt bestimmt.«

Amandas Kopf fuhr herum. Ihre Blicke durchbohrten Simon, der instinktiv einen Schritt zurückwich. Frau Bloomsdorf sprach mit nunmehr fester Stimme. Sie hatte eine Entscheidung getroffen. »Gut, Kinder, macht euch fertig. Amanda wird die Julia spielen. In drei Minuten fangen wir an.«

Frau Bloomsdorf öffnete die Türe, während sie sich noch ein letztes Mal an ihre Schüler wandte: »Ihr schafft das. Ich weiß es. Auf euch ist Verlass.«

»Guten Abend.«

Frau Bloomsdorf fuhr herum. Und starrte durch die geöffnete Tür, als hätte sie ein Gespenst gesehen. »Mira! Wo kommst du her?«

Mira und Holger lächelten freundlich in die Runde. Mira schmunzelte. »Von einem spontanen Grillfest...«

Holger ergänzte: »... zu dem wir eigentlich gar nicht eingeladen waren.«

Frau Bloomsdorf stotterte. »Äh... ach ja...«

Mira trat ein. »Eigentlich könnten wir jetzt anfangen.« Frau Bloomsdorf hatte ihre Fassung wiedergefunden: »Moment mal. Wenn du meinst, du kannst dich woanders stundenlang amüsieren und hier in letzter Minute hereingeschneit kommen, dann hast du dich getäuscht. Soeben habe ich die Rolle umbesetzt.«

Mira erschrak. »Wer spielt sie denn?«

Amanda drängte sich nach vorn: »Ich natürlich. Ich wäre ja von Anfang an die richtige Besetzung gewesen.«

Mira schaute erst Amanda, dann Frau Bloomsdorf an. Die Lehrerin nickte entschlossen. Mira fauchte: »Herzliches Beileid, lieber Romeo. Mir würde jedenfalls spätestens in der Kussszene das Kotzen kommen.« Simon gluckste und auch die anderen Schüler begannen zu kichern.

Aber Amanda kochte vor Wut. Sie stupste mit dem ausgestreckten Zeigefinger auf Miras Brust. »Nimm dich in Acht, du Rotzgöre.«

Das war zu viel für Nestroy. Unbemerkt hatte er sich angeschlichen und sprang nun fauchend auf Amandas Rücken. Die drehte sich, kreischte und versuchte, nach ihm zu schlagen. Doch Nestroy hielt sich unbeeindruckt mit drei Pfoten fest und fuhr die Krallen seiner linken Vordertatze zu voller Länge aus. Alle starrten fasziniert auf Amanda und den Kater. Nestroy durchtrennte in aller Seelenruhe mit seinen scharfen Krallen beide Träger von Amandas elegantem Kleid. Dann sprang er ab, und Amanda hielt reflexartig mit beiden Händen ihr Kleid fest, bevor es zu Boden rutschen konnte.

Sie jammerte: »Mein Kleid! Mein schönes neues Kleid! Dieses Mistvieh hat mir mein Kleid zerrissen. So kann ich unmöglich auf die Bühne.«

Schlagartig herrschte atemlose Stille in der Garderobe. Mira schaute zu Simon. Simon blickte zurück. Dann ging fast gleichzeitig ein vorsichtiges Lächeln über beide Gesichter. Rasch wurde es breiter, schließlich grinsten beide.

Frau Bloomsdorf schaute erst Amanda an, die frustriert die Augen zu Boden senkte. Dann wanderte ihr Blick zu Simons grinsendem Gesicht, verweilte kurz auf Mira und traf dann Holger. Der verzog den Mund und zuckte mit den Schultern. Frau Bloomsdorf murmelte schließlich: »Na schön. Aber wehe, es gibt heute Abend noch so einen Zwischenfall.« Laut forderte sie Mira auf: »Wasch dir den Dreck aus dem Gesicht und zieh dich um. In drei Minuten geht der Vorhang hoch.« Der Jubel, der daraufhin in der Garderobe ausbrach, war unbeschreiblich. Alle schrien vor Freude. Fast alle. Amanda stand, mit beiden Händen vor der Brust, in einer Ecke und warf mörderische Blicke in Miras Richtung.

Mira drückte Frau Bloomsdorf einen dicken Kuss auf die Backe: »Sie sind echt 'ne prima Nummer.« Dann flitzte sie hinter den Vorhang, um sich umzuziehen.

Frau Bloomsdorf seufzte laut und murmelte: »Wo Mira ist, herrscht das Chaos. Aber irgendwie … mag ich sie.«

Dann traf sich ihr Blick mit dem von Holger. Holger, der jedes Wort verstanden hatte, nickte leicht. So leise, dass nur Frau Bloomsdorf es hören konnte, sagte er: »Man muss sie einfach mögen …«

Die Angst ist schwarz

Inhalt

»Es donnern die Höhen, es zittert der Steg.
Nicht grauet dem Schützen auf schwindligtem Weg.«
Friedrich Schiller, Wilhelm Tell

»Für Heldentaten gibt es Helden. Warum also ich?«
Mira Morgenstern

»Miauuu.«
Johann Nepomuk Nestroy III.

Stadtparkcowboys

»Psst, Nestroy! Kannst du nicht etwas leiser sein? Schließlich bist du eine Katze und kein Nilpferd.«

Mira sah ihren Kater tadelnd an. Dieser maunzte beleidigt und duckte sich tiefer ins Gebüsch. Dabei ließ er seine Blicke über die Szene schweifen, die sich, nur wenige Meter von den beiden entfernt, abspielte.

Dort lümmelten einige junge Kerle auf den Spielgeräten herum. Sie trugen Lederjacken und tranken Dosenbier. Mit den leeren Bierdosen warfen sie nach jüngeren Kindern, die sich auf dem Spielplatz im Stadtpark aufhielten. Mira kannte diese Gang vom Hörensagen. Die meisten waren zwischen 15 und 17 Jahre alt. Nur der Boss der Clique und sein Kumpel waren bereits über 18 und fuhren Motorräder. Ein paar der Jüngeren gingen auf Miras Schule. Sie nannten sich die Stadtparkcowboys und drückten sich fast jeden Nachmittag hier herum. Aus Langeweile rauchten und tranken sie – und ärgerten mit Vorliebe jüngere Kinder.

Gestern hatten sie Miras Brüdern Jens und Jan die Schultaschen weggenommen und mit Dosenbier gefüllt. Mira hatte genug. Sie würde den Kerlen einen gehörigen Denkzettel verpassen.

Nestroy knurrte. Mira sah, wie sich diese Typen von den Spielgeräten hangelten und in Richtung Sandkasten schlurften. Dort rückten einige Mütter Hilfe suchend zusammen. Sie beeilten sich, ihre Kleinkinder in Sicherheit zu bringen. Zwei von den Jungs pöbelten eine Mutter an, die krampfhaft geradeaus blickte und mit beiden Händen ihren Kinderwagen umklammerte.

Mira zögerte keine Sekunde. »Jetzt, Nestroy!«

Beide stürzten aus dem Gebüsch. Während Mira den kleinen Hang zum Spielplatz hinunterlief, flitzte Nestroy in die andere Richtung davon.

Mira baute sich vor den riesigen Kerlen auf: »Schämt ihr euch nicht, euch an wehrlosen Frauen und kleinen Kindern zu vergreifen?«

Die Köpfe der Gangmitglieder fuhren herum. Der Boss lallte: »Wa... wa... wasch hascht du ge... geschagt?«

»Ich sagte: Pfoten weg von Mutter und Kind, kapiert?«

Ungläubig glotzte der Typ Mira an, dann wandte er sich grölend an seine Kumpel: »Ha... habt ihr dasch ge... gehört? Die Kleine rischkiert ei... eine dicke Lippe.«

Einer seiner Kumpels kicherte: »Vielleicht kennt sie dich nicht, Mick.«

»Dann wirdsche misch kennen lernen.« Er warf seine Bierdose in hohem Bogen nach Mira, doch die wich ihr mit einem eleganten Seitenschritt aus. Der Große wurde ärgerlich:

»Mach, dasch du wegkommst, bevor isch disch zerquetsche, du kleine Lausch.«

Mira lächelte ihn freundlich an: »Dazu bist du viel zu besoffen.«

Drohend setzte sich der Große in Bewegung, begleitet von seinem Gefolge. Blitzschnell tänzelte Mira einige Schritte zurück: »Ihr kriegt mich nie, ihr lahmen Schnecken.« Die großen Kerle stürzten sich auf sie. Doch Mira war zu gewandt und die angetrunkenen Jugendlichen zu trottelig. Kein Wunder, dass die Cowboys ins Leere griffen und übereinander stürzten. Wutschnaubend rappelten sie sich hoch. Mira drehte sich um und sprintete los. Die Gang folgte ihr. Mira war drahtig und gut in Form, aber die Jungs waren viel größer und älter. Für jeden Schritt, den sie machten, musste Mira zwei hinter sich bringen. Sie spurtete quer durch den Park, durch Gebüsche, über niedrige Beeteinfassungen, direkt auf den von Kastanienbäumen umstandenen Ententeich zu. Sie hörte ihre Verfolger keuchen. Langsam, aber sicher kamen sie näher. Mira schätzte die Entfernung zum Teich. Es konnte reichen. Es musste reichen.

Sie legte alle Kraft in den Endspurt, die grölende Meute dicht auf den Fersen. Dabei hielt sie Ausschau nach Nestroy, ihrem Kater. Dort saß er, wie sie es die letzten Tage trainiert hatten, mit einem kleinen Stöckchen im Maul direkt neben der rechten Kastanie. Mira drückte sich selbst beide Daumen. Wenn jetzt etwas schief ging, war sie den Kerlen hilflos ausgeliefert.

In vollem Lauf rannte sie zwischen zwei Kastanienbäumen hindurch auf den schmalen, geländerlosen Steg, der quer über den Ententeich führte. Ein kurzer Blick nach oben ließ sie lächeln. Hoch über ihrem Kopf hing das Netz, das sie heute Morgen dort befestigt hatte. Die Falle war bereit. Sie drehte sich um und sah, dass ihre Verfolger gleich ebenfalls beim Steg ankommen würden. Mira schrie: »Jetzt, Nestroy!«

Mit einer Schnelligkeit, die man dem dicken alten Kater kaum zugetraut hätte, flitzte er mit dem Stöckchen im Maul weg von dem Baum. Die näher kommenden Jungs hatten nur Blicke für Mira. Sie sahen weder Nestroy noch die unsichtbare Nylonschnur, die an Nestroys Stöckchen befestigt war. Nach wenigen Metern gab es einen leichten Ruck, als Nestroy mit der Schnur die Falle auslöste. Das Netz senkte sich fast lautlos herab – direkt auf die Köpfe der Verfolger. Im Nu entstand ein heilloses Chaos. Alle stolperten übereinander und gemeinsam stürzten sie das Ufer hinab. Sie verschwanden in einer großen Wasserfontäne.

Der Teich war an dieser Stelle zwar nur einen halben Meter tief, aber es genügte, um nass bis auf die Knochen zu werden.

Nestroy ließ das Stöckchen fallen und hüpfte über den Steg zu Mira, die das Chaos im Ententeich amüsiert beobachtete. Beinahe sah es so aus, als tummelte sich dort im Schlammwasser unter ihr ein Schwarm frisch gefangener Krokodile, über und über mit grünen Algen und Seerosenblättern bedeckt. Mira bückte sich und kraulte ihren geliebten Kater: »Nestroy, das war allererste Sahne. Du bist ein Kumpel, auf den man sich verlassen kann.«

Dann winkte sie den Jungs freundlich zu und schlenderte über den Steg davon.

Durch diese hohle Gasse

»… Der Tod in hundert wechselnden Gestalten;
das ist ein unglückseliges Gewerb,
das halsgefährlich führt am Abgrund hin.«

Mira nahm die Hand von ihrer Brust und schaute auffordernd zu Simon hinüber. Der starrte sie kurz an, räusperte sich und fuhr fort:

»Wer frisch umherspäht mit gesunden Sinnen,
auf Gott vertraut und die gelenke Kraft,
der ringt sich leicht aus jeder Fahr und Not;
den schreckt der Berg nicht, der darauf geboren.«

Frau Bloomsdorf klatschte in die Hände: »Prima, Simon. Gut gemacht, Mira. Ihr alle habt eure Rollen perfekt gespielt.« Frau Bloomsdorf strahlte ihre Theater-AG an. »Ich freue mich schon auf unsere Premiere. Der Oberschulrat hat sich angekündigt und auch der Bürgermeister will kommen. – Kinder, ich hoffe, ihr gebt euer Bestes.«

Frau Bloomsdorf verabschiedete ihre theaterbegeisterte Gruppe, hielt aber noch zwei Schüler zurück: »Mira, Simon, euch möchte ich noch kurz sprechen.« Beide sahen sich verwundert an, blieben dann aber zurück, während der Rest der Gruppe lärmend den Raum verließ.

Frau Bloomsdorf lächelte die beiden an: »Ihr wisst, dass *Wilhelm Tell* kein leichtes Stück ist. Nicht umsonst habe ich euch die zwei wichtigen Rollen von Wilhelm und Hedwig gegeben, weil ihr die besten Schauspieler der Gruppe seid.«

Mira runzelte die Stirn: »Und? Machen wir unsere Sache nicht gut?«

Frau Bloomsdorf grinste: »Doch, fast zu gut. Ihr himmelt euch auf der Bühne an, als wärt ihr frisch verliebt.«

Simon wurde rot. Mira brummte: »Aber Hedwig und Tell sind doch …«

»… seit vielen Jahren verheiratet. Glaubt mir, Kinder, da mag man sich zwar noch, aber man turtelt nicht mehr wie zwei verliebte Täubchen.«

Nun gewannen auch Miras Ohren deutlich an Farbe. Frau Bloomsdorf übersah das nicht. »Also, was ihr in eurer Freizeit macht, ist eure Sache. Auf der Bühne aber seid ihr Schauspieler. Und da spielt ihr die Rollen so, wie sie sein müssen. Einverstanden?«

Mira und Simon nickten heftig.

»Gut, dann könnt ihr jetzt gehen. Ihr macht das schon. Da bin ich mir sicher.«

Die beiden schnappten ihre Schultaschen und flitzten los.

Auf dem Weg zur Bushaltestelle gingen sie schweigend nebeneinanderher. Schließlich räusperte sich Simon: »Du, Mira?«

»Mmh.«

»Ich wollte nur sagen, ich meine...«

»Mmh?«

»Na, ich wollte nicht, dass du denkst...«

Mira schaute Simon direkt in die Augen.

»Was?«

»Ach, vergiss es.«

Mira senkte den Blick. Schade, dachte sie. Sie hatte gehofft, an Frau Bloomsdorfs Kritik sei vielleicht wirklich etwas dran gewesen. Vielleicht empfand Simon ja doch mehr für sie als kollegiale Zuneigung?

Der Bus kam. Simon stieg zuerst ein, Mira folgte mit immer noch gesenktem Kopf.

»Mahlzeit, Tochterherz, was ist denn mit dir los?«

Erschreckt schaute Mira hoch. »Papa!«

Der hatte jetzt gerade noch gefehlt. Es war ja ganz praktisch, dass Papa seinen Lebensunterhalt – und den seiner zehnköpfigen Familie – als Busfahrer bei den städtischen Verkehrsbetrieben verdiente. Schließlich gab es so billigere Monatskarten für Mira und ihre Brüder. Aber musste er immer gerade dann auftauchen, wenn Mira überhaupt nicht danach zumute war? Gereizt brummte sie: »Nichts ist los!«

Papa Morgenstern warf einen Blick auf Simon und grinste Mira an: »Genau das scheint das Problem zu sein.«

Mira bedachte ihren Papa mit ihrem gefürchteten Killerblick. Herr Morgenstern schluckte, bevor er leise murmelte: »Ich hab ja gar nichts gesagt.« Er fuhr los und Mira setzte sich zu Simon in die erste Reihe hinter der Fahrerkabine.

Simon grinste sie an: »Du weißt ja noch gar nicht, dass wir seit gestern einen Hund haben. Einen Welpen. Der ist vielleicht drollig.«

Mira strahlte zurück: »Wow, wie heißt er denn?«

»Vorerst nur Hund. Wir haben noch keinen Namen, weil wir uns gestern nicht mehr einigen konnten. Mein Papa hat ihn erst abends vom Züchter abgeholt.«

Mira verzog das Gesicht. »Ein Rassehund? Kein süßer Mischling?«

»Ein süßer Rassehund! Wenn du ihn siehst, wirst du mir Recht geben. Es ist ein Bernhardiner, der aussieht wie ein Teddy auf vier Beinen. Du solltest wirklich einmal bei uns vorbeikommen und dir deine eigene Meinung bilden.«

Darum ließ sich Mira nicht zweimal bitten.

»Morgen Nachmittag?«

»Morgen? Warum nicht heute?«

»Heute bin ich schon verabredet. Ich gehe zur Einweihung der neuen Polizeischule.«

»Da bist du eingeladen?«

»Na ja, nicht direkt. Mehr indirekt.«

»Was heißt denn das schon wieder?«

»Holger hat zwei Pressekarten bekommen. Er berichtet für die Zeitung. Und da seine Freundin keine Zeit hat, nimmt er mich mit.«

Simon musste schon aussteigen. Er nickte: »Solche Freunde hätte ich auch gerne.«

Mira lächelte: »Dafür musst du nicht unter Lebensgefahr am laufenden Band Verbrecher dingfest machen…«

Simon lächelte und hob abwehrend beide Hände:

»Genug hab ich gehört. Gehabt Euch wohl.«

Mira drohte ihm spielerisch mit dem Zeigefinger. Dann, als Simon ausstieg, fiel ihr die Antwort aus *Wilhelm Tell* ein. Sie ließ sich mit dramatischer Geste zurücksinken und legte eine Hand an die Stirn, als litte sie Schmerzen:

»Wahnsinn'ger Jüngling, bleib! – Er geht dahin!«

Simon tippte sich mit dem Zeigefinger an die Stirn, dann huschte er hinaus. Mira seufzte, da beugte sich das besorgte Gesicht einer älteren Dame über sie:

»Ist dir nicht gut, Kind? Hast du Fieber?«

Die grüne Schule

Es klingelte. Mira grinste und drückte ihrem großen Bruder Kai das Geschirrtuch in die Hand. »Das ist Holger. Ich muss leider los.«

Noch bevor Kai etwas erwidern konnte, war sie aus der Küche geflitzt, in Turnschuhe und Jacke geschlüpft und riss die Haustüre auf.

Vor ihr stand Holger Grünberg. Der große, schlanke Lokalreporter von der Morgenpost lächelte sie an: »Na, du hast es aber eilig.«

»Ich habe keine Lust, zu spät zu kommen – und nebenbei, die Alternative wäre doch nur Geschirr abtrocknen.«

Holger grinste. Zusammen schlenderten sie zu Holgers Sportkabrio. Heute war es kühl und er hatte das Verdeck geschlossen. Mira hielt Nestroy die Türe auf, bevor sie selbst auf den Beifahrersitz huschte. Holger schwang sich hinters Steuer.

Mira betrachtete ihn von oben bis unten: »Mann, hast du dich heute in Schale geworfen.« Holger zuckte mit den Schultern: »Arbeitskleidung. Zur Eröffnung der neuen Polizeischule kommt die ganze Politprominenz, Bürgermeister, Landrat, sogar der Innenminister ist angekündigt. Du hättest ruhig auch deine besten Klamotten anziehen können.«

Mira schaute an sich herunter. »Das SIND meine besten Klamotten.«

Holger schmunzelte. Er war von Mira einiges gewöhnt. Schließlich hatten die beiden schon ziemlich vertrackte Kriminalfälle zusammen gelöst. Die kleine 11-jährige selbstbewusste Schülerin und den erfolgreichen Lokalreporter verbanden der gleiche trockene Humor und unzählige spannende Abenteuer. Holger hatte Mira schon manches Mal in einer ausweglosen Situation geholfen – und dafür oft eine Story bekommen, nach der sich seine Zeitungskollegen die Finger ablecken würden. Dafür ließ er dann auch schon mal seine Beziehungen spielen, ob zur Polizei, zur Politprominenz oder sogar zur Unterwelt. Heute allerdings waren sie zwar zur Polizei unterwegs, aber einmal nicht aus »dienstlichem Anlass«.

Holger beschrieb Mira, wo die neue Polizeischule lag. »Du kennst doch den ehemaligen Militärflughafen, rund zwölf Kilometer nördlich der Stadt?«

Mira nickte. »Dort ist die Polizeischule?«

Holger erklärte: »Als sie ihn vor ein paar Jahren stillgelegt haben, wurde ein Teil des Areals in ein Gewerbegebiet umgewandelt. Da sitzen jetzt einige Hightechfirmen, Speditionen und sogar ein Baumarkt. Aus den Kasernen und dem alten Kasino haben sie eine Polizeischule gemacht.«

Mira war gespannt. Als sie vorfuhren, sahen sie, dass das ganze Gelände eingezäunt war. Im Wachhäuschen an der Einfahrt wurden ihre Einladungskarten auf das Genaueste geprüft, bevor man sie passieren ließ. Dann rollte Holger langsam auf den Parkplatz. Er parkte direkt neben einem blitzsauberen dunkelgrünen Kombi, aus dem ein gut gekleideter Herr ausstieg. Mira sprang aus dem Wagen, sobald er zum Stillstand gekommen war.

»Hallo, Herr Dr. Kleinhans!«

Der vornehme Herr drehte sich um und streckte Mira lächelnd die Hand entgegen: »Mira! Was machst du denn hier? Sag bloß, du bist auch eingeladen.«

Mira nickte: »So kann man es formulieren.«

Dr. Kleinhans schaute Mira fragend an: »Du bist doch nicht wieder in einem neuen Fall unterwegs, oder?«

Mira schüttelte den Kopf, etwas bedauernd. Dr. Kleinhans dagegen nahm diese Nachricht mit sichtlicher Erleichterung auf. Er nickte Holger zu, der gerade die Fahrertüre seines Kabrios abschloss.

Dr. Kleinhans, der Leiter des Polizeilabors, war ein guter Bekannter von Holger und Mira und ein dankbarer Abnehmer von Fußballfreikarten – Holgers Garantie dafür, regelmäßig an Informationen aus erster Hand ranzukommen. Dr. Kleinhans besaß eine ungewöhnlich lange Nase und eine Vorliebe für elegante und geschmackvolle Kleidung. Seit Mira ihn im Fall der *Feuerteufel* aus einer ziemlich vertrackten Notlage gerettet hatte, war er ihr in tiefer Zuneigung verbunden – auch wenn er von ihr bei jedem ihrer Fälle ziemlich gelöchert wurde. Spaßhaft hatte er erst kürzlich geklagt: »Hauptberuflich bin ich Leiter des Morgenstern-Labors. In meiner Freizeit mache ich auch mal ein paar Kleinigkeiten für die Polizei.«

Zu dritt machten sie sich auf den Weg ins Empfangsgebäude. Dr. Kleinhans und Holger öffneten gleichzeitig die zweiflügelige Glastüre und winkten, ganz gentlemanlike, Mira hindurch. Mira war überwältigt vom Anblick, der sich ihr nun bot: »Junge, Junge. Die haben aber ganz schön geklotzt!«

In der Tat war das Eingangsfoyer großzügig mit Grünpflanzen, Niedervoltspots und sogar einigen modernen Gemälden dekoriert. Eine große Anzahl Gäste hatte sich bereits hier versammelt. Kellner gingen herum und verteilten Kanapees und Sektgläser. Auch sie wurden umgehend bedient. Auffordernd wurde ihnen ein Tablett mit Getränken angeboten. Dr. Kleinhans und Holger griffen zu einem Sektglas. Auch Mira wollte zugreifen. Holgers kritische Blicke ließen Mira kurz zögern, bevor sie schweren Herzens zu zwei Gläsern Orangensaft griff. Der Kellner blickte etwas irritiert drein, aber Mira lächelte ihn freundlich an. Eines der Gläser stellte Mira neben ihre Füße auf den Boden und Nestroy begann genießerisch schmatzend zu schlabbern. Dr. Kleinhans schüttelte den Kopf. »Ein Kater, der Orangensaft mag …«

Mira seufzte: »Eigentlich mag er ja Sekt noch lieber, aber …« Mit diesen Worten warf sie einen anklagenden Blick auf Holger, der sie aber nicht beachtete. Er hatte soeben in der Menge ein bekanntes Gesicht entdeckt. Schnellen Schrittes ging er zu einem älteren, sehr vornehm gekleideten Herrn mit fast weißen Haaren und einem eleganten Schnauzbart. Die beiden begrüßten einander wie alte Bekannte und wechselten einige Worte.

Dr. Kleinhans wurde ebenfalls von einem Bekannten angesprochen, und so hatte Mira Gelegenheit, alleine ein wenig in der Halle herumzustrolchen. Die Gäste kannten Mira nicht und einige musterten das Mädchen mit der übergroßen Jeans, der abgetragenen Jacke und der blonden Mähne sichtlich irritiert. Mira nahm sich vom Tablett eines vorübergehenden Kellners eine Hand voll Matjeshäppchen und steckte sich drei und Nestroy eines in den Mund. Langsam ging sie zur Fensterfront.

Ihr Blick schweifte über das Areal der Polizeischule. Ein großer Parkplatz, eine ganze Reihe offensichtlich frisch gepflanzter Bäume, einige kasernenähnliche Unterkünfte. Hinter dem Zaun erkannte sie weitere Firmen. Linker Hand grenzte ein Unternehmen namens *Pharmatox* an das Gelände der Polizeischule an. Offensichtlich handelte es sich um ein Chemieunternehmen. Die Firmengebäude mussten das ehemalige Zentrum des Flughafens sein. Aus dem Terminal war inzwischen eine Art Produktionsgebäude geworden und sogar der Tower war noch erhalten.

Auf dem Pharmatox-Gelände war eine Menge los. Am laufenden Band fuhren Lkws verschiedener Speditionen vor. Alles schien professionell organisiert zu sein.

Auch auf dem Nachbargelände wurden die Papiere aller ankommenden Fahrzeuge von einem Wachmann sehr genau geprüft.

Mira drehte sich um und ließ ihren gelangweilten Blick wieder über die Gästeschar gleiten. Holger konnte sie nirgends entdecken, dafür aber einen weiteren Prominenten. Der kleine, dicke Herr mit dem wichtigtuerischen Gehabe erinnerte Mira sofort an dessen Tochter: Franz Xaver Bollinger, der *Schraubenkönig*. Bollinger hatte bereits in jungen Jahren als Schraubengroßhändler ein Vermögen gemacht und es seitdem geschickt vermehrt. Mittlerweile über 60, war der alte Bollinger zum Ehrenbürger der Stadt ernannt worden. Klar, dass er auch kräftig in der Politik mitmischte. Er wohnte zusammen mit seiner vierten Frau und ihrer gemeinsamen Tochter Amanda in einem richtigen Traumschlösschen am Stadtrand. Amanda war der Albtraum in Miras Leben. Dieses arrogante Früchtchen ließ keine Gelegenheit aus, um Mira bei ihren Freundinnen madig zu machen. Das alles wäre ja noch zu verkraften gewesen, wenn Amanda nicht ausgerechnet auch ein Auge auf Miras Schwarm Simon geworfen hätte …

Mira wandte sich angewidert ab. Draußen passierte ein schwarzer Kleintransporter die Einfahrt zu Pharmatox. Ungeniert fuhr er am Wärterhäuschen vorbei und verschwand hinter dem Towergebäude. Mira runzelte die Stirn. Warum hatte das Wachpersonal dieses Fahrzeug nicht auch auf Herz und Nieren geprüft? Wieso hatten sie diesen Transporter unbeachtet durchgelassen?

»Na, nette Gesellschaft hier?« Mira fuhr herum. Holger stand hinter ihr. Sie antwortete: »Wenn du mich fragst, alles feine Pinkel. Normale Menschen gibt's hier nicht.« Holger grinste, als Mira unbeirrt fortfuhr: »Wer war denn der weißhaarige Opa, mit dem du dich so angeregt unterhalten hast?« Holger beugte sich verschwörerisch zu ihr hinunter: »Das war der Gramsbacher.«

»Welcher Gramsbacher?«

»Na, DER Gramsbacher.«

»Und jetzt muss ich beeindruckt sein?«

Holger schaute beleidigt: »Gramsbacher ist Staatssekretär im Innenministerium.«

Mira antwortete trocken: »Also gut, ich bin beeindruckt.«

In diesem Moment trat ein mit zahlreichen Orden behängter uniformierter Polizist hinter das Rednerpult. Er räusperte sich. Langsam verstummte die Menge.

Holger flüsterte ihr zu: »Hol dir lieber noch ein Getränk. Die Reden des Polizeipräsidenten sind bekanntermaßen lang und sehr trocken.«

Eine Dreiviertelstunde später wagte sich auch noch der Staatssekretär ans Mikrofon. Endlich wurde dann doch noch das kalte Buffet eröffnet.

Während sich die hohen Gäste manierlich mit einzelnen Häppchen und überschaubaren Mengen von Salatblättchen und Kaviarbröseln begnügten, schaufelte Mira ungeniert zwei Teller zum Bersten voll und suchte sich mit Nestroy ein ruhiges Plätzchen, um die Beute zu vertilgen.

Danach war Mira so übel, dass sie Holger die ganze Heimfahrt auf die Nerven ging: »Mir ist soooo schlecht, ich hab sooo Bauchweh.«

Holger jedoch kannte kein Mitleid: »Selbst schuld. Immerhin hast du das halbe Buffet in dich reingestopft. Und dein Kater die andere Hälfte. Gott, war das peinlich. Euch nehme ich zu keinem Buffet mehr mit. Nie mehr.«

Mira stöhnte: »Gute Idee. Ich werde auch nie mehr etwas essen.« Dann begann sie zu würgen.

»Uuugrh. Könntest du mal kurz rechts ranfahren?«

Ein Wolf zum Knuddeln

Den nächsten Morgen begann Mira ohne Frühstück, anders als Nestroy. Kater können immer essen. Während sich Nestroy, offensichtlich gut gelaunt, auf seine morgendliche Streiftour durch Mülltonnen und Hinterhöfe machte, schleppte sich Mira trotz massiver Bauchschmerzen heldenhaft zur Schule. Dort bekam sie zur Belohnung gleich in der ersten Stunde einen unangekündigten Mathe-Test serviert. Sie war entsprechend sauer. Hätte sie das geahnt, wäre sie zu Hause im Bett geblieben. Das hatte sie nun von ihrem vorbildlichen Pflichtbewusstsein.

Nachdem Mathematiklehrer Brausewetter die Tests eingesammelt hatte, sah Mira bei ihren Klassenkameraden fast nur lange Gesichter. Lediglich aus der Bankreihe hinter sich hörte sie leises Gekicher. Mira blickte sich um und sah Amanda Bollinger, die ihrer Banknachbarin verschwörerische Blicke zuwarf. »Offensichtlich waren die beiden gut vorbereitet«, flüsterte Mira ihrer Banknachbarin Kerstin zu.

Sie trommelte mit den Fingern der rechten Hand auf die Tischplatte. »Der alte Bollinger kennt Gott und die Welt. Da sein Prinzesschen so schlecht in Mathe ist, könnte ein geschickt getürkter Test doch wahre Wunder wirken, oder etwa nicht?«

Während Lehrer Brausewetter vorne an der Tafel die richtigen Lösungen des Tests präsentierte, nahm Mira sich vor, der Angelegenheit recht bald auf den Grund zu gehen. Zwar gab sie sich normalerweise mit solchen Kleinigkeiten nicht ab, aber bei ihrer Erzrivalin Amanda machte sie gerne einmal eine Ausnahme. Es wäre doch zu schön, beweisen zu können, dass Amandas Papa, der im

Hintergrund eine Menge Fäden in der Stadt zog, nun auch an Amandas Schulnoten mit betrügerischen Mitteln herumdokterte.

In der Pause kam Simon zu Mira und Kerstin geschlendert. Er schaute ebenfalls reichlich zerknirscht drein. Mira erfasste die Situation auf einen Blick: »Bist du in Mathe etwa auch eingefahren?«

»Wer nicht? Aber ich wollte dir eigentlich nichts vorjammern, sondern fragen, ob du heute Nachmittag kommst. Du wolltest doch Wolf anschauen.«

»Wolf?«, fragte Kerstin. »Du hast einen Wolf zu Hause?«

Mira und Simon lachten gleichzeitig los. »Einen Hund«, klärte Mira ihre Freundin auf. »Simon hat einen Hund. Schätze, Wolf ist sein neuer Name. Gestern hatte er nämlich noch keinen.« Sie sah fragend zu Simon hinüber, der das kopfnickend bestätigte: »Also, um drei? Bleibt es dabei?«

»Ich werde pünktlich in der Höhle des Wolfes eintreffen.« Ein Grinsen konnte sich Mira dabei nicht verkneifen.

Am Nachmittag schlenderten Mira und Nestroy zum Haus der Vails. Mira erklärte Nestroy, wie er sich angesichts des jungen Welpen zu benehmen hatte: »Also, Nestroy, kein Fauchen, kein Kratzen, kein Beißen. Klar?«

Nestroy ignorierte Mira. Die drohte: »Bei Frau Vail sind wir beide ohnehin nicht gut angeschrieben. Wenn du also Zicken machst, Dicker, dann setze ich dich an die frische Luft.«

Mira klingelte. Simons Mutter öffnete mit einem freundlichen Lächeln, das jedoch gefror, als sie Mira erkannte.

»Tag, Frau Vail. Wir wollten Simon und Wolf besuchen.« Mira lächelte.

Frau Vail nickte distanziert und drehte sich um: »Es ist die junge

Morgenstern.« Ihr Gesicht drückte tiefe Missbilligung aus. Mira war bereits mehrere Male mit Frau Vail zusammengerasselt. Für schlampig angezogene und vorlaute Mädchen hatte Simons Mutter kein Verständnis.

Mira trat hinter Frau Vail in den Flur und rief: »Ey, Simon, wo ist denn dein Raubtier?« Seufzend rollte Frau Vail mit den Augen und trat zur Seite, um Mira und Nestroy durchzulassen. Dann verschwand sie im Wohnzimmer.

Mira hatte Simons Zimmer noch nicht richtig betreten, als sie den kleinen Welpen erblickte.

»Mann, ist der knuddelig.« Mira beugte sich hinab, um Wolf zu streicheln. Ein gefährliches Fauchen ertönte aus Nestroys Kehle. Der Welpe wich ängstlich zurück, worauf auch Simon den Kater mit Sorge beobachtete: »Der tut Wolf doch nichts?«

Mira beruhigte ihn: »Nestroy gibt bloß an. Als Straßenkater hat er gelernt, Hunde einzuschüchtern. Aber keine Bange, wenn Nestroy merkt, dass dein Hund harmlos ist, wird er sich schnell wieder beruhigen.«

Mira nahm Wolf auf den Schoß, ließ den Welpen mit ihrer Hand spielen und balgte sich dann und wann mit ihm auf dem Boden. Bald hechelte Wolf und war mit seinen Kräften am Ende. »Das soll ein echter Rasse-Bernhardiner sein? Für mich sieht der aus wie ein Putzlappen mit Maul und vier Pfoten.« Simon lachte: »Der hat einen Stammbaum, länger als ein Mathe-Test.« Mira verzog das Gesicht zu einem schmerzlichen Grinsen.

»'tschuldigung. War vielleicht kein so geschickter Vergleich. Jedenfalls stammt Wolf von einem spezialisierten Züchter.«

Mira schüttelte den Kopf: »Der ist zwar süß, aber ich würde mir einen aus dem Tierheim holen, wenn ich einen Hund haben dürfte.« Simon seufzte: »Ich vielleicht auch, aber Wolf ist schon okay.« Mira lächelte: »Und ob!« Dann sprang sie auf: »Komm, wir gehen spazieren.«

Mira und Simon schlenderten durch den Stadtpark. Nestroy strolchte etwas abseits durchs Gebüsch und tauchte nur hin und wieder auf. Wolf zerrte an der Leine, schnappte immer wieder nach ihr und war viel eher zum Spielen als zum Laufen aufgelegt. Schnell kamen sie nicht voran, dafür lachten sie immer wieder über die drolligen Verrenkungen des kleinen Bernhardiners. Nebenbei probten sie ein wenig ihren Dialog für das Finale von *Wilhelm Tell*. Mira hob beide Hände:

»O Tell, Tell!«

Simon lachte, dann stemmte er die rechte Hand in die Hüfte:

»Was erschreckt dich, liebes Weib?«

Mira ließ sich vor Simon auf die Knie fallen. Die beiden älteren Damen auf der Parkbank, die mit offenem Mund zu ihnen herüberstarrten, beachtete sie nicht.

»Wie – wie kommst du mir wieder? – Diese Hand – darf ich sie fassen? – Diese Hand – O Gott!«

Mira, die Simons Hand zu greifen versuchte, merkte plötzlich, wie er sich versteifte. Sie drehte sich zur Seite und sah die beiden Damen. »Simon, bist du schüchtern, nur weil wir Zuschauer haben?«

Simon wich vorsichtig einen Schritt zurück: »Auf diese Sorte Zuschauer kann ich verzichten!«

Mira stand auf und drehte sich um. »O Sch ... ande.«

Nur wenige Meter entfernt, standen einige unangenehm aussehende Jungs in Lederjacken.

»Die Stadtparkcowboys«, murmelte Mira. »Freunde von dir?«, fragte Simon in einem plötzlich aufkeimenden Hoffnungsschimmer.

»Nicht direkt.«

»Schade«, flüsterte Simon, während die Clique bedrohlich nahe kam.

Mira sah sich nach einer Fluchtmöglichkeit um, aber zusammen mit Simon und dem Welpen waren ihre Chancen gleich null. Also wartete sie ab, was geschehen würde.

Die großen Kerle umringten sie schweigend und fixierten sie mit unangenehmen Blicken.

Wolf winselte, Simon fing an zu schlottern und Mick, der Anführer, trat einen Schritt vor: »Na, Kleine. Ganz schön mutig von dir, hier noch einmal aufzukreuzen.«

Mira schluckte. Jetzt half nur noch eins. Frechheit. Und damit kannte Mira sich aus.

»Ich hatte Sehnsucht nach dir, Schätzchen.«

Der Typ schaute wie ein begossener Pudel drein. Also stemmte Mira die Hände in die Hüften und setzte noch eins nach: »Mir gefallen Männer, die mir nachlaufen. Auch wenn sie dann wegen nicht erwiderter Liebe wie die Lemminge ins Wasser gehen.«

Einige der Jungs kicherten leise. Doch als Mick sich umdrehte, verstummten sie schlagartig.

Mira blickte über die Gruppe hinweg und sah zwei grüne Uniformen am Parkeingang auftauchen. Eine Polizeistreife. Mira lächelte:

»Also, Jungs, ein anderes Mal gehe ich gerne wieder mit euch zum Ententeich. Jetzt allerdings habe ich leider schon etwas anderes vor.«

Mick knurrte: »Warte mal ab, Schätzchen, was wir mit dir vorhaben.«

Er trat noch zwei Schritte vor, stand Mira nun genau gegenüber. Der Rest der Gruppe schloss auf. Trotz der bedrohlichen Mienen blieb Mira äußerlich ruhig. Sie schaute ihrem Gegenüber direkt in die Augen und klopfte mit dem Zeigefinger auf seine Brust: »Was ich jetzt sage, sage ich nur einmal, SCHÄTZCHEN! Du bist auf dem besten Wege, dir gewaltigen Ärger einzuhandeln. Wenn du Langeweile hast, spiel Schach oder Fußball, aber vergreif dich nicht an Kleineren. Wenn du wirklich Mumm hast, dann leg dich doch mit den beiden Herren in Grün an, die da vorne kommen.«

Schlagartig fuhr Micks Kopf herum.

Die beiden Polizisten waren in der Zwischenzeit nahe herangekommen. Der eine hielt ein Funkgerät an den Mund und sprach hinein, der andere wandte sich an die Cowboys: »Was gibt es denn hier? Irgendwelche Probleme?«

Die Jungs waren auf einmal ziemlich bleich um die Nase geworden. Mick brummte: »Nee, nee. Kein Problem. Wir haben, äh, nur nach der Uhrzeit gefragt.«

Jetzt entdeckte der Polizist Mira: »Bist du nicht die kleine Morgenstern?« Auch Mira erkannte den Polizisten, der ihr schon bei mehreren ihrer Fälle über den Weg gelaufen war. Sie nickte.

Der Polizist streckte ihr die Hand entgegen: »Kovalowsky. Angenehm, dich kennen zu lernen, Mira. Du musst wissen, ich bin ein heimlicher Bewunderer von dir. Wie du diese Feuerteufel schachmatt gesetzt hast, war super.«

Sein Blick fiel wieder auf die Jungs: »Das sind doch nicht etwa Freunde von dir?«

Mira lachte: »Freunde würde ich sie nicht nennen, sagen wir mal, gute Bekannte. Eigentlich ganz nette Jungs, nur manchmal etwas zu Streichen aufgelegt. Es wäre gut, wenn Sie die in den nächsten Tagen mal ein wenig im Auge behalten würden.«

Der Boss der Gruppe warf Mira einen Blick zu, der nichts Gutes verhieß.

Kovalowsky nickte. »Dachte ich mir. Hier hat es Beschwerden von Müttern gegeben, die belästigt wurden. Deshalb laufen wir zurzeit ohnehin verstärkt Streife im Park.«

Mira nickte: »Ausgezeichnete Idee. Viel Erfolg! Und danke.«

Mira zog Simon mit sich. Gemeinsam schlenderten sie weiter. Simon drängte: »Was wollten die denn von dir? Hattest du mal Ärger mit denen?«

Mira lachte. »Ehrlich gesagt: Die hatten Ärger mit mir. Seitdem sind sie etwas empfindlich.«

Simon warnte: »Ein paar von denen kenne ich, die kommen aus dem Schanzenviertel, wo die Asozialen wohnen.«

Mira tadelte: »Asozial ist kein schönes Wort. Einige dort sind vielleicht arm, aber deshalb nicht asozial.«

»Die schon«, verteidigte sich Simon.

»Na ja, ›verhaltensauffällig‹ wäre vielleicht eine treffendere Beschreibung.«

Dann zögerte Mira kurz: »Hast du Mick und den anderen großen Typen mal genauer angeschaut? Wieso tragen die eigentlich Edeljeans, schweineteure Lederjacken und Nobeluhren, wenn sie aus ärmlichen Verhältnissen kommen?«

Auf diese Frage fand Simon keine Antwort. Mira murmelte:

»Wirklich interessant. Da sind wir schon.« Vor Miras Haus verabschiedeten sie sich voneinander. Nestroy zog es vor, noch eine kleine Tour durch die Straßen zu machen. Mira lächelte Simon im offenen Türrahmen an: »Tja, Simon, schön war's. Ist echt ein netter Hund, dein Wolf.« Simon lächelte: »Der Nachmittag ist eine Wiederholung wert.« Mira antwortete hastig: »Oh ja, natürlich.« Dann schwiegen sich beide kurze Zeit an. Hinter Mira ertönte Kais Stimme aus dem Hausflur: »Mach die Tür zu, es wird kalt!« Mira seufzte. »Also, bis morgen dann, in der Schule.« Simon drehte sich um. Mira zögerte kurz, dann rief sie ihren Freund noch einmal zurück: »Simon!« Blitzartig drehte sich dieser um. »Ja?« Seine Stimme klang erwartungsvoll.

»Ich wollte dir noch sagen …«

»Ja?«

Mira schluckte. »Nimm besser nicht den Weg durch den Park, wegen der großen Jungs. Du weißt schon.«

»Schon okay, ich weiß.«

Seufzend schloss Mira die Türe hinter Simon. Sie drehte sich um und starrte direkt in das feixende Gesicht ihres Bruders Kai: »Na, habe ich zwei Täubchen beim Turteln gestört?«

Mira wurde rot. Sie würdigte Kai keines Blickes, hob die Nase und stolzierte an ihm vorbei in ihr Zimmer. Krachend warf sie die Tür ins Schloss und legte sich auf ihr Bett.

Nestroooooy! Nestroy!

Dass Nestroy nicht zum Abendessen erschien, war nicht außergewöhnlich. Er schien ein eigenes Sinnesorgan dafür zu besitzen, was es in Morgensterns Küche gab. Egal, in welchem entlegenen Winkel der Stadt er sich herumtrieb. Stand Fisch oder Milchreis auf dem Speiseplan, war Nestroy pünktlich zum Essen da. Stand dagegen Gemüse oder gar Suppe auf dem Tisch, bekam niemand auch nur die Schwanzspitze des Katers zu sehen. Papa musterte Mira beim Essen aufmerksam und legte schließlich den Löffel zur Seite: »Sag mal, Mira, hast du einen neuen Fall?«

Mira staunte: »Ich? Nicht die Bohne. Dafür hätte ich gerade gar keine Zeit. Übermorgen ist unsere große *Tell*-Premiere.«

»So, ich dachte. Du hast nämlich dieses Glitzern in den Augen, das du immer hast, wenn du auf Verbrecherjagd bist.«

Papa wischte sich den Mund mit seiner Serviette ab. »Na ja, dann wird es wohl die Aufregung vor der Aufführung sein.«

Kai kicherte.

»Was gibt es daran so Lustiges?« Papa schaute Kai strafend an. Der prustete los: »Mira ist verliebt. Das ist es.«

Papa sagte nichts, er zog nur eine Augenbraue hoch und wechselte einen vieldeutigen Blick mit Mama. Mira versuchte krampfhaft, die rote Färbung in ihrem Gesicht zu unterdrücken. Dafür holte sie kräftig aus. Unter dem Tisch traf ihre Fußspitze zielsicher ins Schwarze. Es gab ein hässliches Knirschen, als Miras Schuh Kais Schienbein traf, ein fürchterlicher Schrei folgte. »Was ist los?«, fragte Papa mit autoritärer Stimme. Kai funkelte Mira an, die angriffslustig zurückstarrte. Aber er sagte nichts. Er wusste, dass er zu weit gegangen war.

Papa ließ noch einmal seinen väterlichen Blick über die versammelte Tischrunde gleiten, dann stand er auf. Blitzschnell verschwand Mira in ihrem Zimmer, Kai hüpfte zur Couch, Jens und Jan begannen, den Tisch abzuräumen.

Mira öffnete ihre Balkontüre und rief nach Nestroy, doch die erhoffte Reaktion blieb aus. Sie seufzte und ließ die Türe einen Spaltbreit offen stehen, obwohl es draußen bereits empfindlich kalt wurde. Auf dem Bett schmökerte sie noch ein wenig in ihrem *Tell*.

Gegen neun packte sie das Buch weg und ging noch einmal hinaus auf den Balkon. Sonst war Nestroy um diese Zeit fast immer da. Von Zeit zu Zeit jedoch strolchte er die halbe Nacht mit einigen Freunden umher. Mira lehnte sich auf die Brüstung und schaute in den klaren Sternenhimmel. Es würde kalt werden heute Nacht. Mira dachte an Simon. Heute Nachmittag war sie kurz davor gewesen, ihm zu sagen, wie gern sie ihn mochte. Aber merkwürdig – wenn es um ihr Verhältnis zu Simon ging, dann bekam Mira den Mund einfach nicht auf. Verliebt, sagte Kai. Ob es das war?

Mira schüttelte den Kopf und ging zurück in ihr Zimmer. Als sie die Balkontür wieder bis auf einen Spalt schloss, sah sie durch die schmale Gasse hinter dem Garten ihres Hauses einen dunklen Transporter in Schrittgeschwindigkeit rollen.

Sie zog sich aus, ging ins Bett und löschte das Licht. Sie schlief schlecht in dieser Nacht. Sie träumte von Simon und von Amanda. Sie selbst kam in ihrem Traum auch vor, als Katze, die von Amanda in einem goldenen Käfig gefangen gehalten wurde. Hilflos musste sie mit ansehen, wie Amanda Simon mit allen Köstlichkeiten und Reichtümern der Welt verwöhnte.

Mira wachte früh auf. Draußen begann die Sonne gerade, ihre ersten Strahlen zaghaft über die Dächer der Stadt zu strecken. Im

Halbschlaf tastete Mira nach ihrem Kater. Dann schreckte sie hoch. Nestroy war nicht da. Schlagartig war Mira hellwach. Nestroy war offensichtlich die ganze Nacht nicht nach Hause gekommen. Das war noch nie vorgekommen, seit er bei Mira lebte. Mira warf einen Blick zum Balkon. Hatte sie die Türe versehentlich geschlossen? Sie sprang auf und lief zur Tür hinüber, aber die stand offen. Im Nachthemd lief sie auf den kalten Balkon, lehnte sich über die Brüstung und hielt Ausschau nach ihrem Kater. Doch sosehr sie sich auch anstrengte, Nestroy konnte sie nicht entdecken. Mira rief, ungeachtet der frühen Tageszeit, mit lauter Stimme: »Nestroooooy!«

Einzige Reaktion auf ihren Ruf war das Rattern eines Rollladens, der im Nachbarhaus hochgezogen wurde.

Mira stürzte zurück ins Zimmer und zog sich rasch an. Sie machte sich nicht die Mühe, ihr Nachthemd gegen einen Pulli zu wechseln, sondern stopfte es einfach in ihre übergroße Jeans und ließ die Hosenträger darüber schnalzen. Barfuß schlüpfte sie in ihre Turnschuhe und stand 30 Sekunden später vor der Haustüre. Wieder rief sie in voller Lautstärke nach ihrem Kater. Auch jetzt erhielt sie keine Antwort. Mira rannte los. Erst durchsuchte sie die Straßen und Lieblingsplätze Nestroys in der unmittelbaren Umgebung, dann durchstöberte sie sämtliche Hinterhöfe des Viertels. Der dürre schwarze Straßenkater, der oft mit Nestroy umherzog, lief ihr über den Weg. Aber auch seine Spur führte sie nicht zu ihrem vierbeinigen Freund.

Fast zwei Stunden später stand sie wieder zu Hause vor der Türe. Nestroy war und blieb verschollen. Ihren Schlüssel hatte Mira in der Aufregung vergessen, sodass sie klingeln musste. Mama öffnete und erschrak, als sie Miras Blick sah.

»Ist er da?«, fragte Mira ohne große Hoffnung.

»Wer, Mädchen?«

»Nestroy. Er ist heute Nacht nicht nach Hause gekommen.«

Mama schüttelte bedauernd den Kopf: »Den habe ich hier seit gestern Mittag nicht mehr gesehen.« Sie stemmte die Hände in die Hüften: »Aber das ist noch lange kein Grund, mitten in der Nacht aus dem Haus zu stürmen! Um die Zeit kann dir auf der Straße weiß Gott was passieren.«

Mira folgte Mama in die Küche. »Tut mir Leid.«

»Ich will einfach nicht, dass dir ein Unglück geschieht.«

Mira antwortete: »Eben. Genauso geht es mir mit Nestroy.«

Mama schaute Mira nachdenklich ins Gesicht, dann strich sie Mira über den Kopf und versuchte, ihrer Tochter Hoffnung zu machen: »Vielleicht ist er mit seinen Kumpanen auf großer Tour. Der taucht bestimmt bald wieder auf. Du solltest dir nicht allzu große Sorgen machen.«

»Ich mach mir aber Sorgen.« Mira schrie so laut, dass sie selbst erschrak. Im selben Augenblick schossen ihr die Tränen in die Augen. Mira war gewiss kein wehleidiges Mädchen. Doch Nestroy war ihr so ans Herz gewachsen, dass sie sich ein Leben ohne den dicken Kater nicht vorstellen konnte.

Ihre Mutter stopfte ein besonders reichhaltig belegtes Pausenbrot in Miras Schultasche und schob sie Mira hin. »Wie auch immer. Du musst dich beeilen, damit du den Schulbus noch erwischst. Vielleicht ist Nestroy ja bis heute Mittag wieder da. Putzmunter und hungrig.«

Mira trocknete ihre Tränen. »Und wenn nicht?«

Ihre Mutter dachte kurz nach. »Dann suchen wir ihn. Alle.«

Mira stand auf. »Versprochen?«

»Versprochen.«

Mira umarmte Mama. »Danke.« Dann machte sie sich auf den Schulweg.

Die ganze Fahrt im Schulbus musste Mira an Nestroy denken. Sie würdigte Simon kaum eines Blickes, als er sich zu ihr setzte. Erst durch drängendes Nachfragen erfuhr er von Nestroys Verschwinden. Simon versuchte, sie zu trösten, aber es konnte auch ihm nicht gelingen.

Den Schulvormittag erlebte Mira in einer Art Trance. Nicht einmal die Vier im Mathe-Test bekam sie richtig mit. Sie ignorierte auch Amanda, die sich in der Pause mit ihrer glatten Eins brüstete. Kerstin, die selbst eine Katze hatte, konnte Miras Trauer gut nachfühlen. Sie tat das einzig Richtige – sie ließ Mira in Ruhe.

Den Heimweg trat Mira zu Fuß an. Sie hoffte, unterwegs eine Spur von Nestroy zu finden. Sie ging sogar durch den Stadtpark und riskierte es, Mick und seiner Gang zu begegnen. Doch weder von ihnen noch von Nestroy war etwas zu sehen.

Zu Hause erwartete sie der Rest der Familie mit bedrückter Miene. Nestroy war, wie Mira bereits befürchtet hatte, nicht aufgetaucht. Das Mittagessen verlief ungewöhnlich still. Papa hatte den ganzen Tag über Dienst.

Der Rest der Morgensterns hielt nach dem Essen Familienrat.

Kater gesucht

»Wir hängen Plakate auf: Kater gesucht… und dann eine Beschreibung von Nestroy«, schlug Frank vor. Mira, die bereit war, sich an jeden Rettungsstrohhalm zu klammern, nickte. Aber Julius war damit nicht einverstanden: »Das bringt doch nichts. Für die meisten Menschen sieht eine Katze aus wie die andere. Und ohne dicke Belohnung meldet sich ohnehin niemand.«

Frank schaute Julius an: »Hast du eine bessere Idee?«

»Nö.«

Miras Mutter meinte: »Wie wäre es, wenn wir deinen Freund Holger anrufen, Mira? Der könnte eine Suchmeldung in die Zeitung bringen.«

Mira nickte: »Klar. Mensch, Mama, da hätte ich auch selber draufkommen können.«

Frank war nicht bereit, so einfach aufzugeben: »Und die Plakate? Die sehen auch Kinder – und die lesen keine Zeitung.«

Mama verkündete: »Machen wir doch einfach beides.« Alle nickten. Während ihre Mutter und die Jungs anfingen, Suchplakate zu schreiben, rief Mira bei Holger in der Redaktion an.

Der war erschrocken, als er die Nachricht von Nestroys Verschwinden hörte, und versprach Mira, schon am nächsten Tag eine große Suchmeldung in die Zeitung zu bringen. Petra, Holgers Lebensgefährtin, die bei der *Morgenpost* als Fotografin arbeitete, hatte mehrere Bilder von Nestroy und würde ein besonders gelungenes heraussuchen.

Als Mira zurück in die Küche kam, waren bereits sieben Plakate fertig.

Da klingelte es an der Haustüre. Mira stürzte hin, vielleicht war Nestroy gefunden worden? Mira riss die Türe auf – und stand vor Tante Elsbeth und Baby-Jo.

Mira schluckte. Sie ahnte schon, was auf sie zukam. Miras Cousin Baby-Jo war das einzige und sehr verwöhnte Kind von Tante Elsbeth. Viel zu oft musste Mira den Babysitter spielen. So war sie schon mehr als einmal gezwungen gewesen, den knapp Zweijährigen auf ihre Abenteuer mitzunehmen. Aber irgendwie mochte sie Baby-Jo – und Tante Elsbeth zahlte ungewöhnlich gut. Wenn sie am Ende noch eine Belohnung für Nestroys Finder aussetzen müsste, dann würde sie jede Mark von ihrem bescheidenen Vermögen brauchen. Tante Elsbeth legte los: »Ich habe gerade eben eine ganz kurzfristige Einladung zum Abendessen bekommen.«

»Jetzt?«

»Nein, heute Abend natürlich, aber ich muss vorher UNBEDINGT zum Frisör. So kann ich doch unmöglich zu Wallenfelds gehen. Mira, Schätzchen, könntest du nicht – nur für ein paar Stunden – ein wenig auf Baby-Jo aufpassen?«

Mira seufzte. »Geht klar, Tante Elsbeth.«

»Ach, Kindchen. Du bist ein Engel. Also wenn ich mal was für dich tun kann…«

»Könntest du, es ist nämlich so, dass Nestroy…« Doch Tante Elsbeth hörte gar nicht zu.

»Also, Mira. Ich eile dann. Bis später. Tschüüüüüüss.«

Schon war Tante Elsbeth durch den Vorgarten zu ihrem Taxi gerauscht. Mira konnte nicht anders, sie musste grinsen. Dann beugte sie sich zu Baby-Jo hinab. »Nun, Kumpel, wir beide werden jetzt als Plakatierer losziehen.«

Den ganzen Nachmittag war Mira nun damit beschäftigt, die Plakate im ganzen Stadtviertel anzubringen. Schließlich ging mit Baby-Jo alles zwei Nummern langsamer und war fünf Nummern komplizierter.

Abends war sie hundemüde. Nachdem Tante Elsbeth mit frisch gelegter Dauerwelle ihren kleinen Racker abgeholt hatte, ging Mira auf ihr Zimmer. Obwohl sie sich nur ein wenig entspannen wollte, war sie Sekunden später tief und fest eingeschlafen.

Als ihre Mutter sie zum Abendessen holen wollte, musste sie lächeln. Leise schlich sie in Miras Zimmer und deckte ihre Tochter vorsichtig zu. So verschlief Mira, vollständig angekleidet und ohne Abendessen, die Nacht bis in den späten Vormittag.

Als Mira mit verquollenen Augen an den Frühstückstisch schlurfte, lag neben ihrer Teetasse bereits die Samstagsausgabe der *Morgenpost*. Ein Foto von Nestroy prangte unten auf der Titelseite, daneben der Text: »Nestroy, der stadtbekannte Kater und Gefährte unserer freien Mitarbeiterin Mira Morgenstern – die zusammen mit unserem Lokalreporter Holger Grünberg bereits mehrere Kriminalfälle bravourös aufklären konnte –, ist verschwunden! Am Spätnachmittag des vergangenen Donnerstages wurde er zum letzten Mal gesehen. Seitdem fehlt jede Spur von ihm. Nestroy ist überdurchschnittlich groß, kräftig gebaut, hat ein rot geschecktes, etwas zerzaustes Fell. Für Hinweise, die zum Auffinden des Katers führen, hat die Chefredaktion der *Morgenpost* eine Belohnung von 250 Euro ausgesetzt. Hinweise erbeten an unsere Lokalredaktion, Holger Grünberg.«

Mama lächelte: »Auf deinen Freund Holger ist eben Verlass. Er hat sogar eine Belohnung organisiert. Du wirst sehen, so finden wir Nestroy bestimmt.«

Mira murmelte: »Hoffentlich lebend.«

»Sag doch so was nicht, Mädchen.«

»Ich weiß nicht, ich hab so ein komisches Gefühl …«

Mama setzte sich neben sie: »Lass den Kopf nicht hängen, Mira. Denk an deinen großen Auftritt heute Abend.«

Mira schluckte. Ihre Premiere heute Abend – die hatte sie völlig verdrängt.

»Willst du noch ein wenig auf dein Zimmer gehen und proben?«, fragte Mama.

Mira schüttelte den Kopf und stand auf. »Ich muss an die frische Luft. Vielleicht finde ich ja Nestroy doch irgendwo.« Mama nickte.

Mira strolchte die folgenden Stunden wieder und wieder durch die Hinterhöfe des Stadtviertels. Schließlich öffnete sie in ihrer Verzweiflung sogar die Mülltonnen, ständig darauf gefasst, Nestroy als lebloses Bündel in einer der Tonnen zu finden.

Erst am frühen Nachmittag kehrte sie nach Hause zurück. Von Nestroy hatte sie keine Spur finden können. Mama bot ihr an, die Reste vom Mittagessen aufzuwärmen, aber Mira hatte keinen Hunger. Sie legte sich auf ihr Bett und blätterte lustlos im *Tell*-Text. Ihre Gedanken schweiften immer wieder ab. Nestroy war allgegenwärtig. Alles erinnerte sie an ihren Kater, die Kratzer an der Tapete, der Babyball, das Schlafkörbchen … – obwohl Nestroy nicht eine einzige Nacht darin geschlafen hatte. Immer war er ans Kopfende von Miras Bett gekrochen und hatte es sich zwischen ihrem Kopfkissen und der oberen Bettkante gemütlich gemacht. Mira zog den Vorhang vor ihrer Balkontüre zur Seite. Sie sah die Vögel in den Bäumen und musste lächeln. Wie oft hatte Nestroy vergeblich versucht, einen von ihnen zu fangen! Dazu war er einfach zu fett und zu schwerfällig. Lieber hielt er sich an die Mülltonnen oder ließ sich von den Essensresten der Morgensterns die kulinarischsten Köstlichkeiten servieren.

Mira sah auf ihre Uhr. Es wurde Zeit, sich fertig zu machen. Gegen halb sechs hatte sie ihre Sachen gepackt, geduscht und die Haare gewaschen. Holger hatte sich nicht gemeldet. Ursprünglich hatte sie sich so sehr auf die Premiere gefreut. Doch jetzt verabschiedete sie sich lustlos von ihrer Mutter.

Sie bummelte bis zur letzten Sekunde, doch das Telefon blieb stumm. Schließlich schlüpfte sie seufzend in ihre Jacke und rannte zum Bus.

Wilhelm Tell sollte im Kleinen Saal des Stadttheaters aufgeführt werden. Zum ersten Mal durfte Frau Bloomsdorfs Theater-AG auf einer richtigen Bühne auftreten. Als Mira ankam, standen die anderen Mitglieder schon wartend vor dem Eingang zu den Garderoben. Simon und Kerstin erkundigten sich gleich nach Nestroy, aber Mira schüttelte nur stumm den Kopf. Die anderen Schüler waren aufgeregt. Doch Mira, die sonst immer unter Lampenfieber litt, spürte in sich nur eine unbeschreibliche Leere. Schließlich kam auch Frau Bloomsdorf in Begleitung des Hausmeisters, der ihnen aufschloss. Sie hatten noch knapp zwei Stunden bis zur Vorstellung, eine lange Zeit für Mira.

Kurz vor acht hörten sie hinter der Bühne, wie sich der Saal langsam füllte. Erwartungsvolles Raunen ging durch die Zuschauermenge. Mira wusste, dass vom Oberschulrat bis zum Bürgermeister fast die gesamte städtische Prominenz versammelt war. Die Vorstellung war eine Benefizveranstaltung zugunsten des SOS-Kinderdorfes. Die Karten waren beinahe unbezahlbar. So teuer, dass Miras Eltern nicht kommen konnten, obwohl sie ihre Tochter zu gerne auf der Bühne bewundert hätten. Der alte Bollinger dagegen hatte gleich ein Dutzend Karten geordert und auch die Eltern von Amandas Freundinnen eingeladen.

Amanda, heute in der weiblichen Hauptrolle als reiche Erbin Berta von Bruneck, war bereits voll in ihrem Element. Sie trug ein Kostüm zur Schau, das jeder Filmdiva Ehre gemacht hätte. Und zu allem Überfluss hatte sie sich auch völlig übertrieben geschminkt. Simon kam zu Mira und drückte ihr die Hand: »Es wird schon gut werden mit Nestroy, ganz bestimmt.«

Mira wollte antworten, doch der erste Gong schnitt ihr das Wort ab. In zwei Minuten würde die Vorstellung beginnen. Simon musste auf die Bühne eilen, Mira blieb zurück. Sie hatte als Tells Frau Hedwig ihren ersten Auftritt erst zu Beginn des dritten Aufzugs, gut 20 Minuten nach dem Beginn.

Mira wollte nicht in der Garderobe warten. Zusammen mit einigen anderen Schülern stand sie seitlich hinter der Bühne, wo sie das Spiel verfolgen konnte. Simon spielte wieder einmal glänzend. Keine Frage, er hatte Ausstrahlung. Und ein talentierter Schauspieler war er obendrein. Nach dem ersten Aufzug, in dem Tell einen Fremden vor der Verfolgung durch die bösen Häscher des Herrschers rettete, gab es starken Applaus.

Der zweite Aufzug lief ebenfalls prima, obgleich Max-Robert, der Tells Vater spielte, an zwei Stellen kurz ins Stocken kam. Gleich würde der Vorhang fallen und der dritte Aufzug beginnen. Mira machte sich bereit, denn sie musste zu Beginn des dritten Aufzugs bereits ihren Platz auf der Bühne eingenommen haben.

Plötzlich wurde es im Gang hinter Mira unruhig. Sie hörte die Stimme des Hausmeisters: »... nein... können jetzt nicht... dringend?... nur kurz... aber... leise!!!!!«

Mira drehte sich um. Sie sah Holger, der zusammen mit

dem Hausmeister hinter die Bühne trat. Allein sein Blick sprach Bände.

Mira traf die Erkenntnis, dass etwas Schlimmes passiert war, mit einer Wucht, die ihr das Gleichgewicht raubte. Instinktiv hielt sie sich mit beiden Händen am Bühnengeländer fest. Holger kam näher und legte ihr die Hand auf die Schulter.

»Mira, du musst jetzt tapfer sein. Sie haben Nestroy gefunden.«

Hinter Mira ertönte Applaus. Die Schritte der abgehenden Schauspieler polterten über das Holz.

Mira schluckte. »Und?«

Holger schüttelte langsam und traurig den Kopf.

Äh... Oh...Scheibenkleister

Mira sagte nichts. Ihre Hände umklammerten das Geländer und verkrampften sich dabei so, dass sämtliche Knöchel unnatürlich weiß hervorstanden. Holger legte seinen Arm um Miras Schulter: »Der Anruf kam vor einer knappen Stunde. Ich bin gleich hingefahren, weil ich hoffte, es wäre nicht… Nun, Nestroy ist offensichtlich von einem Auto angefahren worden. Ich bin mir sicher, Mira, er hat keine Sekunde gelitten.«

Mira weinte nicht. Der Schock saß zu tief. Sie schaute mit leeren Augen durch Holger hindurch.

Hinter der Bühne stand Frau Bloomsdorf und rief: »Mira, komm schon. Dein Auftritt!«

Mira reagierte nicht. Holger gab ihr einen kleinen Stups. »Los,

Mira, jetzt ziehst du das hier durch und nachher können wir reden. Ich warte hier. Versprochen!«

Doch Mira zeigte keine Reaktion. Holger rüttelte sie, erst vorsichtig, dann zunehmend kräftiger. Plötzlich riss Mira sich los und drehte sich um. Frau Bloomsdorf erschrak, als sie in Miras Gesicht blickte. »Mädchen, ist alles in Ordnung?«

Mira stapfte mit sturem Blick an ihr vorbei auf die Bühne.

Frau Bloomsdorf schluckte, doch es war zu spät, um irgendetwas zu unternehmen. Simon und die anderen Schauspieler waren schon an ihren Plätzen. Mira stellte sich vor die Kulisse von Tells Haus und bückte sich über den Waschzuber.

Frau Bloomsdorf zögerte voll düsterer Vorahnung, dann gab sie das Zeichen und der Vorhang öffnete sich.

Marco, der Tells Sohn Walter spielte, trällerte sein Lied, dann hüpfte er zu Simon alias Wilhelm Tell und hielt ihm seine Spielzeugarmbrust hin:

»Der Strang ist mir entzwei. Mach mir ihn, Vater.«

Simon schüttelte den Kopf und stemmte die Hände in die Hüften:

»Ich nicht. Ein rechter Schütze hilft sich selbst.«

Nun wäre Miras Einsatz gewesen. Doch sie stand wie erstarrt über den Waschzuber gebeugt und blieb stumm.

Simon sah zu ihr hin, dann auch Marco. Frau Bloomsdorf starrte von der Bühnenseite her erschreckt auf die Szene.

Simon reagierte wie ein Profi. Er übersprang einfach Miras Part und sagte seinen nächsten Satz, in der Hoffnung, Mira würde dann wieder in ihren Text finden:

»Früh übt sich, was ein Meister werden will.«

Mira zeigte keine Regung, sie war weit, weit weg.

Simon blickte hilflos zu Frau Bloomsdorf, die in ihrer Verzweiflung schon beinahe auf der Bühne stand. Auch Holger beobachtete beschämt die Szene, hatte er doch das Maß seiner Dummheit erkannt. Was hatte ihn gedrängt, Mira diese schlechte Nachricht sofort zu überbringen? Zu ändern war die Sache sowieso nicht mehr. Weshalb also hatte er nicht noch eine Stunde warten können? Er hätte sich am liebsten geohrfeigt. Doch nun konnte er nur noch zusehen, wie die Katastrophe ihren Lauf nahm.

Simon schaute ängstlich zu Frau Bloomsdorf, die mit den Schultern zuckte. Peinliche Stille herrschte im Saal. Jetzt hätte man eine Stecknadel fallen hören können. In diese Stille schlich sich ein leises, aber deutlich zu vernehmendes Schluchzen. Miras Kopf hob sich. Für jeden im Saal war nun sichtbar, dass sie weinte. Dicke Tränen rollten ihr über beide Backen und schwemmten die leichte Schminke fort. Mira schluchzte:

»Ach... wollte...«

Sie zog geräuschvoll die Nase hoch und wischte sich mit einem Unterarm die Tränen aus den Augen. Ihr Make-up verschmierte sie damit endgültig.

»... wollte Gott... sie lernten's nie!«

Simon machte weiter:

»Sie sollen alles lernen. Wer durchs Leben
sich frisch will schlagen, muss zu Schutz und Trutz
gerüstet sein.«

Frau Bloomsdorf hielt die Luft an, weil Mira zögerte, bevor sie stockend einsetzte:

»Ach… es wird…«

Gerade wollte die Lehrerin aufatmen, als Mira urplötzlich mit voller Wucht den Waschzuber umtrat, sodass sich der Inhalt über die Bühne ergoss und Simons Füße umspülte. Fassungslos stand er in der Wasserlache.

»Ich KANN nicht!«, schrie Mira und rannte von der Bühne – direkt in die Arme von Frau Bloomsdorf. Diese gab ein Zeichen, und der Vorhang senkte sich, während in den ersten Reihen Zuschauer aufsprangen, die etwas aus Miras Waschzuber abbekommen hatten.

Frau Bloomsdorf hielt Mira fest, die sich aus ihrem Griff zu winden suchte. Von hinten kam Simon und schimpfte wie ein Rohrspatz: »Was hast du dir eigentlich dabei gedacht, uns hier die ganze Vorstellung zu schmeißen? Ich bin nass wie ein Fisch. So ein Mist!«

Auch Frau Bloomsdorf redete auf Mira ein: »Was ist los, Mädchen? Was sollte das?«

Holger sprang die drei Stufen zur Bühne hinauf und wollte eingreifen, alles erklären und für Miras Verhalten um Verständnis bitten, aber Mira kam ihm zuvor. Sie riss sich mit einem Ruck aus Frau

Bloomsdorfs Armen los und schrie: »Ihren blöden Tell können sie sich an den Hut stecken.«

Dann stürmte sie an Holger vorbei den Gang zu den Garderoben hinunter. Frau Bloomsdorf rief Mira hinterher: »Komm sofort zurück oder du fliegst ein für alle Mal aus der AG!«

Ihre Worte wurden von dem lauten Knallen der Garderobentür übertönt, die durch die Wucht beinahe aus dem Rahmen flog.

Frau Bloomsdorf stand auf der Bühne, umringt von ihren Schülern, die ängstlich fragend zu ihr aufschauten. Was sollte jetzt geschehen? War die Veranstaltung geplatzt? Holger trabte zur Garderobentüre. Er wollte sie öffnen, aber Mira hatte von innen abgeschlossen. Er lauschte, doch er hörte keinen Ton. Holger durchfuhr die Angst, dass Mira sich etwas antun könnte. Er klopfte heftig an die Türe: »Mira! Mach auf! Ich bin's, Holger.« Aber Mira reagierte nicht.

Dann stand Frau Bloomsdorf hinter Holger. Sie schaute ihn fragend an: »Gibt es eine Chance, dass Mira weiterspielt?« Holger schüttelte langsam, aber bestimmt den Kopf. Frau Bloomsdorf schluckte. »Dann wäre es nicht fair, das Publikum weiter warten zu lassen.«

»Was haben Sie vor? Absagen?«

Frau Bloomsdorf schüttelte den Kopf. »Wir machen Notprogramm. Die Szenen, in denen Hedwig mitspielt, werde ich lesen. Es ist nicht allzu viel Text. Unsere großartige Premiere ist ohnehin vermasselt, aber wenigstens müssen wir die Zuschauer nicht nach Hause schicken.«

»Aber was wollen Sie ihnen sagen?«

»Unsere Schauspielerin ist unpässlich. Das ist schließlich auch die Wahrheit.« Frau Bloomsdorf schüttelte nachdenklich den Kopf.

»Dabei hätte ich von Mira solche Allüren als Letztes erwartet. Ich bin enttäuscht, sehr enttäuscht.«

Holger versuchte, seinen Fehler auszubügeln. »Aber Sie werfen Mira doch nicht wirklich aus der Gruppe, oder?«

»Und ob! So ein Verhalten können wir unmöglich dulden. Sie hat allen ihren Kollegen den Abend ruiniert. Ganz zu schweigen vom Publikum.«

»Kennen Sie den Grund nicht? Haben Sie es nicht mitbekommen?«

»Was hätte ich mitbekommen sollen?«

»Na, Nestroy, ihr Kater, war doch verschwunden.«

»Das weiß ich. Aber das ist noch lange kein Grund…«

»Das vielleicht nicht, aber er ist gefunden worden – überfahren.«

Frau Bloomsdorf schlug erschrocken die Hand vor den Mund. »Oh, mein Gott. Das ist ja entsetzlich!«

Holger fuhr zerknirscht fort: »Und ich war so dumm und habe Mira zwei Minuten vor ihrem Auftritt die Nachricht überbracht.«

Frau Bloomsdorf nickte. »Das war wahrlich keine Meisterleistung.«

»Sie werfen sie doch nicht wirklich raus, jetzt wo Sie es wissen.«

»Ich werde es mir überlegen. Aber jetzt muss ich mich darum kümmern, dass es weitergeht.«

Frau Bloomsdorf ging. Da sich Mira noch immer nicht rührte, zog Holger sein Handy aus der Tasche. Er wollte Miras Eltern anrufen. Vielleicht konnten sie Mira dazu bewegen, die Türe zu öffnen. Es klingelte mehrmals, bis bei Morgensterns jemand abhob. Es war Frank.

»Ja, Pia, bist du es?«

»Nein, Holger.«

»Oh. Na ja. Mira ist nicht da. Sie ist im Theater.«

»Ich weiß, hör mal…«

In diesem Moment drehte sich der Schlüssel im Garderobenschloss. Holger hielt mitten im Satz inne und starrte auf die Türe, die sich langsam öffnete.

Im Türrahmen stand Mira, mit vom Weinen verquollenem Gesicht. Sie hatte ihr Kostüm abgelegt und die Schminke weitgehend aus dem Gesicht gewischt.

Holger murmelte in sein Telefon: »Hat sich erledigt. Danke!«

Mira schaute Holger traurig an. »Wo ist er?«

Fragezeichen

Holger und Mira gingen durch den verlassenen Flur zum Hinterausgang. Dort stand Holgers Kabrio im Parkverbot, denn er hatte keine Zeit für eine umständliche Parkplatzsuche gehabt. Die Quittung dafür klebte nun hinter dem Scheibenwischer. Holger knurrte: »Heute ist nicht mein Tag«, nahm den Strafzettel, zerknüllte ihn, öffnete das Handschuhfach und stopfte das Papierknöllchen zu unzähligen anderen.

Mira rang sich ein leichtes Lächeln ab. »Sag mal, zahlst du die eigentlich nie?«

»Was?«

»Na, die Strafzettel.«

»Welche Strafzettel? Hast du einen gesehen? Ich nicht.«

Mira grinste schwach: »Und damit kommst du durch?«

Holger zuckte mit den Schultern. »Manchmal schon. Ich lass es drauf ankommen…« Er fuhr los. »Du willst ihn wirklich sehen?«

»Natürlich.«

»Ist aber kein schöner Anblick.«

Mira zögerte. »Egal.«

Holger fuhr durch die Innenstadt, dann weiter Richtung Südstadt und bog an der Schrebergartenkolonie in einen kleinen Fahrweg ab. Einige hundert Meter rumpelte er mit seinem Kabrio den holprigen Weg entlang.

»Ist eben ein Straßenflitzer und kein Jeep«, entschuldigte sich Holger, doch Mira blieb still. Je näher sie an die Unfallstelle kamen, desto mulmiger wurde ihr zumute. Sollte sie wirklich einen Blick auf den toten Nestroy werfen? Sie wusste genau, dass dieser Anblick ihr für den Rest des Lebens nicht mehr aus dem Sinn gehen würde. Sollte sie sich nicht lieber das Andenken an den lebenden Nestroy bewahren, wie er schnurrend um ihre Beine strich, mit ihr durch den Garten tollte, ihr heldenhaft bei ihren Abenteuern beistand?

Holgers Wagen hielt mit einem Ruck. Mira wurde unsanft aus ihren trüben Gedanken gerissen.

»Hier ist es?«

Holger stieg aus. »Ich schätze, Nestroy hat sich den Platz nicht ausgesucht.«

Mira folgte Holger eine Böschung hinauf. Oben rollte ein Auto nach dem anderen über die Bundesstraße, die Richtung Süden aus der Stadt führte. Durch den dichten Verkehr war es hier oben ziemlich laut. Mira und Holger mussten einander beinahe anschreien.

Trotz der bereits einbrechenden Dunkelheit fiel Mira die kleine Decke am Straßenrand sofort auf. Und nun zeigte auch Holger auf die Stelle im kümmerlichen Gras zwischen Fastfoodpackungen und leeren Bierdosen. »Ich habe meine Decke drübergelegt, das war das Mindeste, was ich tun konnte. Ein Autofahrer, der eine Panne hatte, hat den Kater hier gefunden und uns gleich angerufen.«

Mira stand starr vor der Decke. Holger stellte sich neben sie und fasste mit einer Hand ihre Schulter.

»Willst du ihn wirklich sehen?«

Mira reagierte mehrere Sekunden nicht, dann nickte sie entschieden.

Holger bückte sich, zögerte kurz, zog dann aber vorsichtig die Decke weg.

Mira sank in die Knie. Nestroys Überreste waren wirklich kein schöner Anblick.

Holger wandte sich ab. Mira streckte zaghaft die Hand nach dem blutverkrusteten Fellbündel aus, das einmal ihre Katze gewesen war. Merkwürdig, wie klein und mager ein Tier aussah, das seinen letzten Atemzug getan hatte. Nach einer kurzen Pause blickte Mira zu Holger auf: »Wir nehmen ihn mit. Hilf mir, bitte.«

Holger nickte: »Dachte ich mir, dass du ihn ordentlich beerdigen willst.« Er bückte sich hinab und legte den Kadaver vorsichtig auf die Decke. Während sie den toten Körper sanft umwickelten, kam Miras Antwort: »Ich will ihn nicht beerdigen. Ich will, dass Dr. Kleinhans ihn anschaut.«

Holger hob fragend eine Augenbraue. Mira erklärte: »Ich glaube erst, dass das Nestroy ist, wenn ich absolute Gewissheit habe.«

Holger sagte nichts. Er wusste, dass es keinen Sinn hatte, Mira von dieser Idee abzubringen. Mira ließ sich von Holger das eingewickelte Bündel auf die ausgestreckten Unterarme legen und zusammen rutschten sie den Abhang hinunter zu Holgers Auto.

Sie verstauten die Decke mit Nestroy im Kofferraum, dann stiegen sie ein.

»Und wie hast du dir das jetzt gedacht? Es ist Samstagnacht. Dr. Kleinhans macht zwar häufig Überstunden, aber jetzt ist er garantiert nicht im Labor.«

Mira fischte Holgers Handy von der Ablage und streckte es ihm hin. »Ruf ihn an. Jetzt! Und erzähl mir bloß nicht, du hättest seine Privatnummer nicht.«

Holger seufzte und blätterte in seinem Notizbuch, dann tippte er eine Nummer ein und wartete.

Dr. Kleinhans war zu Hause. Und wie erwartet, klang aus seiner Stimme nicht gerade Begeisterung über diesen Anruf. Holger brachte ihr Anliegen vor, aber offensichtlich hatte er keinen Erfolg. So übernahm Mira die Fortsetzung des Gesprächs.

»Guten Abend, Herr Dr. Kleinhans. Sie wissen, ich würde Sie nie um etwas bitten, wenn es nicht wirklich dringend wäre.«

»Ich weiß, Mira, aber ich habe Holger schon gesagt, dass wir ein technisches Labor sind. Ich habe gar keine Ausrüstung, um eine Tierleiche zu sezieren – und schon gar nicht die nötigen Fachkenntnisse.«

»Bitte!«

Sie hörte am anderen Ende einen lang gedehnten Seufzer. »Bleib kurz dran.«

Der Hörer wurde zur Seite gelegt, das Rascheln von Papier war zu vernehmen. Schließlich kam Dr. Kleinhans wieder an den Apparat. »Ich gebe euch jetzt eine Adresse. Hast du was zu schreiben, Mira?«

»Klar!« Mira streckte die Hand aus und bedeutete Holger, dass sie einen Stift brauchte. Holger reichte ihr das aufgeschlagene Notizbuch und einen Kugelschreiber.

»Also, Praxis Dr. Strobel, Küfergasse 39. Es ist im 1. Stock. Hast du's?«

Mira wiederholte die Adresse. »Gut. Ihr könnt auf direktem Wege hinfahren. Dr. Strobel hat Wochenendbereitschaft. Die Praxis hat einen Vertrag mit uns und macht für uns veterinärtechnische Analysen, wenn wir mal welche brauchen. Ich rufe dort gleich an und sage, dass ihr in meinem Auftrag kommt.«

»Prima – und vielen, vielen Dank, Dr. Kleinhans.« Mira warf einen verstohlenen Seitenblick auf Holger. »Haben Sie schon Karten für das Länderspiel im nächsten Monat?«

Dr. Kleinhans verneinte: »Es waren nur noch Logenplätze zu bekommen. Und die übersteigen mein bescheidenes Einkommen als Polizeiangestellter.«

Mira freute sich: »Schön, dann wird Holger Ihnen zwei Karten besorgen. Versprochen!«

Dr. Kleinhans war ganz aus dem Häuschen vor Freude. Mira verabschiedete sich und legte auf.

»Fahr los, Holger. Findest du die Küfergasse?« Mira war mit ihren Gedanken schon wieder drei Schritte weiter.

Holger schmollte: »Kannst du mir sagen, wo ich jetzt die Karten herkriegen soll, die du gerade so großzügig verschenkt hast?«

»Komm schon, du hast doch bestimmt welche – bei deinen Beziehungen.«

»Ja, zwei. Petra und ich wollten ...«

»Tja. Gib zu, du hättest doch sowieso wieder keine Zeit gehabt.«

Holger startete den Motor und schaute Mira skeptisch an.

»Für Nestroy? Mmh?«

Holger schluckte. »Ich bin gespannt, wie Petra es aufnimmt.«

Augenblick

Die Küfergasse lag in der Altstadt. An einem Samstagabend waren hier viele Nachtschwärmer unterwegs. Zahlreiche Kneipen, Cafés und Bistros hatten die Keller des alten Zunftviertels erobert. Holger fuhr mehrere Male durch die Straßen, doch es war kein Parkplatz zu finden. Schließlich stellte er sich vor einen der vielen kleinen Brunnen, für die das Altstadtviertel in Touristenführern gerühmt wurde. Als Mira schüchtern auf das Parkverbotsschild deutete, zeigte Holger nur lächelnd auf sein Handschuhfach.

Mira musste grinsen. Doch dann wurde sie wieder ernst, als sie an die leblose Fracht im Kofferraum dachte. Holger nahm die Decke mit dem Kater und die beiden gingen die rund hundert Meter zu Fuß. Skeptisch gemustert von einigen der Passanten. Ein Polizeiauto rollte langsam durch die Gasse an ihnen vorbei. Holger schaute sich um und sah, wie es neben seinem Kabrio hielt. Einer der Polizisten stieg aus. Gleich würde Holger seinen nächsten Strafzettel kassieren. Kurzerhand drehte er um.

»He, halt! Das können Sie nicht machen.« Der Polizist zückte seinen Block und begann zu schreiben. »Ist das Ihr Wagen?«

Holger war in der Zwischenzeit mit Mira herangekommen. »Und ob. Ich bin Journalist bei der *Morgenpost*. Und ich bin im Einsatz.«

»Ach – und da gelten für Sie die Straßenverkehrsregeln nicht?« Ungerührt schrieb der Polizist weiter.

»So hören Sie doch, ich bin im Einsatz.«

»Ich auch.« Er blickte auf. Mira, die seitlich hinter Holger stand, erkannte Kovalowsky, den netten Polizisten aus dem Stadtpark. Und wieder begann sich Holger zu ereifern:

»Hören Sie, hier gibt es weit und breit keinen freien Parkplatz.«

»Das ist noch lange kein Grund, hier die Parkanarchie auszurufen.« Kovalowsky erblickte die dunkle Decke in Holgers Arm. »Was ist unter der Decke?«

Holger wurde langsam wütend. »Das geht Sie überhaupt nichts an.«

Nun musste sich Mira einschalten. »Nestroy.«

Kovalowsky schluckte: »Hallo, Mira, gehört dieser Kasper zu dir?«

Mira nickte.

»Und er ist wirklich Redakteur bei der *Morgenpost*?«

»Ja. Und er hat mir geholfen, Nestroy zu finden. Das heißt, das, was von ihm übrig ist.«

»Oh, tut mir Leid! Ich kannte deinen Kater. Das muss hart für dich sein.«

Kovalowsky riss kurzerhand den Strafzettel von seinem Block und zerknüllte ihn.

»Also gut. Ich habe nichts gesehen. Aber Sie, Meister, sollten sich einen etwas freundlicheren Ton zulegen. Wäre bestimmt hilfreich in Ihrem Job.«

Holger setzte zu einer Antwort an, aber Mira knuffte ihn in die Seite.

Kovalowsky stieg in den Wagen, kurbelte jedoch das Fenster noch einmal herunter. »Kopf hoch, Mira, das Leben geht weiter. Wenn es dich tröstet, es scheint ein gefährlicher Monat für Katzen und Hunde zu sein. Du bist nicht die einzige Betroffene.«

Mira nickte. »Tschüss und danke!«

Endlich läuteten sie in der Praxis von Dr. Strobel. Ohne Nachfrage ertönte ein Summen und die Türe sprang auf. Im ersten Stock öffnete eine junge Assistentin die Tür.

Ohne Umschweife legte Mira los: »Dr. Kleinhans schickt uns, wir sind angekündigt.«

»Oh, Sie sind das.«

Die Assistentin führte sie direkt in ein Behandlungszimmer, auf dem ein Tisch aus Edelstahl stand. Auf der Arbeitsplatte an der Wand lagen chirurgische Messer, Scheren und Knochensägen bereit. Nachdem Holger die Decke auf dem Tisch abgelegt hatte, verließ die Assistentin das Zimmer.

Nur wenige Minuten später öffnete sich die Türe. Eine große, kräftige Frau mit langen dunklen Haaren und einer bunten Designerbrille betrat den Raum. Sie streckte Holger die Hand entgegen: »Gabi Strobel. Und Sie sind …«

»Holger Grünberg, von der *Morgenpost.*«

Frau Dr. Strobel lächelte. Mira, die eigentlich einen Arzt erwartet hatte, war etwas irritiert: »Sie sind Dr. Strobel?«

»Gestern war ich's noch. Und du bist Mira Morgenstern? Hab schon viel von dir gehört.«

Ihr Blick wurde ernst. »Und da haben wir den Unglücksraben.« Sie schlug die Decke beiseite und warf einen eingehenden Blick auf den mitgenommenen Körper. »Na, viel ist ja nicht mehr übrig. Also, fangen wir an.«

Sie griff zu einem der größeren Messer, hielt dann jedoch inne. »Ich möchte niemanden hinauskomplimentieren, aber es wird jetzt etwas unangenehm werden für Laien.«

Holger nickte. »Wir warten draußen.« Er zog Mira mit sich hinaus ins leere Wartezimmer. Holger nahm sein Handy aus der Tasche und bot es Mira an, die vor dem Fenster stand.

»Es ist jetzt nach 22 Uhr. Willst du nicht mal zu Hause anrufen?«

Aber Mira schüttelte den Kopf. »Dazu habe ich jetzt wirklich keinen Nerv.«

»Mmh. Hast du was dagegen, wenn ich anrufe und wenigstens kurz Bescheid sage?«

Mira zuckte mit den Schultern, was Holger als Zustimmung interpretierte. Während er versuchte, Miras Vater zu erklären, was geschehen war und wo sie sich gerade aufhielten, kam Mira ins Grübeln. Sie kannte ihren Nestroy. Er war zwar ein Straßenkater, aber schon lange kein Stromer mehr. Dazu war er zu alt und zu gemütlich geworden. Auf seinen Streifzügen hatte er sich, soweit Mira das wusste, nie weiter als zwei Kilometer vom Haus der Morgensterns entfernt. Warum er ausgerechnet so tief in den Süden der Stadt gekommen sein sollte, wollte Mira nicht in den Kopf. Rot getigerte Kater gab es zwar nicht wie Sand am Meer, aber bestimmt mehr als zwei Dutzend in der Stadt.

Holger steckte schließlich sein Handy weg und trat zu Mira ans Fenster. »Deine Eltern waren etwas beunruhigt. Ich musste ihnen versprechen, dich nachher direkt nach Hause zu bringen.«

Mira nickte gedankenverloren. Nach einigen Minuten wurde sie unruhig und brummte: »Wie lange soll das hier noch dauern?«

Tatsächlich dauerte es noch einmal eine halbe Ewigkeit. Erst eine Dreiviertelstunde später öffnete sich die Tür und Frau Dr. Strobel betrat das Wartezimmer.

Mira schluckte: »Wie sieht es aus?«

Dr. Strobel lächelte aufgeräumt. »Das kommt darauf an.«

»Worauf kommt es an?«, wollte Holger wissen.

»Nun, ich weiß jetzt alles über die tote Katze, die auf meinem Seziertisch liegt. Aber ob diese identisch ist mit Nestroy, das muss mir wohl Mira sagen.«

»Ich? Aber deshalb sind wir doch zu Ihnen gekommen!«

»Schon, aber ich kannte Nestroy ja nicht. Am besten, ich berichte über das Ergebnis meiner Obduktion: Die Katze, d. h. der Kater, denn um einen solchen handelt es sich, ist in der Tat überfahren worden. Vermutlich wurde er beim Unfall von der Straße geschleudert, denn wären noch weitere Fahrzeuge über das Tier hinweggerollt, dann hätten wir uns diese Untersuchung schenken können.«

»Können Sie sagen, wann das geschehen ist?«

Dr. Strobel lächelte: »Auch wenn der Doktor im Fernsehen bei einem Mordopfer nach bloßem Heben der Augenlider den Todeszeitpunkt auf fünf Minuten genau festlegt, die Wirklichkeit sieht anders aus. Ich kann nur sagen, dass das Tier spätestens gestern Abend überfahren wurde, frühestens jedoch vorgestern Abend.«

»Das könnte passen.« Holger fing sich dafür einen bösen Blick von Mira ein.

Frau Dr. Strobel fuhr fort: »Das Tier musste nicht lange leiden, es war unter Garantie sofort tot. Gehirnquetschung.«

Mira schluckte, ihre Knie wurden weich. Frau Dr. Strobel fuhr ungerührt fort: »Es war eindeutig ein Straßenkater, zerzaustes Fell, rot getigert, ein kräftiges Tier.«

Mira wurde schwindlig. Es war also doch Nestroy gewesen. Sie ließ sich auf einen der Stühle fallen. Wie durch einen Nebel hörte sie nun die Frauenstimme. »... keine besonderen Kennzeichen, keine alten Wunden, sämtliche Gliedmaßen intakt... offensichtlich den Verkehr falsch eingeschätzt... kein Wunder... ein Auge... da hapert es mit dem räumlichen Sehen...«

Mira schreckte hoch: »Ein Auge? Was war mit dem Auge?«

»Wie ich sagte, der Kater hatte nur noch ein Auge.«

»Das heißt, er war auf dem anderen blind?«

»Nein, er hatte kein anderes. Offensichtlich ein Geburtsfehler. Er hat nie eins gehabt. Die Augenhöhle war zugewachsen.«

»Aber … Nestroy hatte … zwei Augen.«

Frau Dr. Strobel beugte sich zu Mira hinab. »Bist du sicher?«

»Absolut!«

»Na, dann würde ich sagen, das Tier drüben auf meinem Tisch ist nicht Nestroy.«

Mira riss die Augen auf. Sie krallte beide Hände in Holgers Unterarm. »Weißt du, was das heißt?«

Holger schrie: »Autsch! Ich weiß es, aber lass bitte los, du zerquetschst meinen Arm.«

Mira ließ ihn los. »Sorry.« Ihr wurde vor Erleichterung fast schwindlig.

Dr. Strobel schlug vor, sich um das tote Tier zu kümmern. Sie deutete diskret an, dass sie als Tierärztin dafür die »passenden Möglichkeiten« habe, und verschonte Mira mit Details.

Holger drängte zum Gehen: »Mira, es wird Zeit, dich zu Hause abzuliefern. Du gehörst dringend ins Bett!«

Holger klang so resolut, dass Mira nicht mehr zu widersprechen wagte, wenngleich sie die gute Nachricht gerne gefeiert hätte. Holger war fähig, jetzt garstig zu werden, wenn sie sich widersetzte, also fügte sie sich unwillig.

Auf dem Weg zum Wagen kam Mira Kovalowskys Bemerkung wieder in den Sinn. Was hatte er noch gesagt? »Es scheint ein gefährlicher Monat für Katzen und Hunde zu sein. Du bist nicht die einzige Betroffene.« Merkwürdig. Warum wurden plötzlich so viele Hunde und Katzen überfahren? Oder grassierte eine Krankheit, von der noch keiner etwas gemerkt hatte? Oder überfuhr sie jemand absichtlich, machte vielleicht sogar regelrecht Jagd auf sie?

Als sie beim Auto ankamen, hielt Holger seiner Begleiterin mit elegantem Schwung die Türe auf. Sie wollte schon einsteigen, als sie plötzlich zurückfuhr und mit Holger zusammenstieß. Unglücklich erwischte sie mit ihrem Hinterkopf seine Nase.

Holger fluchte und hielt eine Hand vors Gesicht. »Mensch, fast hättest du mir die Nase gebrochen. Kannst du nicht aufpassen?«

»Doch. Genau das.«

Holger betrachtete seine Hand und beäugte sie kritisch. Irgendwie hatte er das Gefühl, seine Nase müsste bluten. Als er nichts entdeckte, wurde er sanfter: »Hättest du die Güte, mir den Sinn deiner orakelhaften Äußerungen zu erläutern?«

Mira erinnerte ihn an Kovalowskys Worte – und berichtete über ihre Schlussfolgerungen. Holger starrte sie fragend an: »Und was soll das bedeuten?«

»Na, vielleicht gibt es jemanden, der regelrecht Jagd auf die Tiere macht, verstehst du?«

Holger wandte ein: »Denk doch mal nach. Wie oft sind wir schon zusammen Auto gefahren? Oft! Und wie oft ist uns ein Tier vors Auto gelaufen? Noch kein einziges Mal! Man müsste Wochen unterwegs sein, um eine Katze überfahren zu können. Kein Mensch jagt Tiere mit dem Auto. Also, hast du vielleicht noch eine bessere Idee?«

»Mmh?« Mira überlegte und grinste.

Weiblicher Instinkt

Während Holger durch die inzwischen recht leeren nächtlichen Straßen der Stadt kurvte, erläuterte ihm Mira ihren Vorschlag:

»Irgendetwas geht vor. Und ich rieche förmlich, dass Nestroys Verschwinden und die überfahrenen Haustiere etwas miteinander zu tun haben. Wir sollten mit Kommissar Harman sprechen. Der muss schließlich darüber Bescheid wissen. Vielleicht hat die Polizei ja bereits in der Sache Ermittlungen laufen.«

»Wie kommst du darauf?«

»Offensichtlich ist es der Polizei aufgefallen, wenn ein kleiner Streifenbeamter wie Kovalowsky darüber Bescheid weiß.«

Holger blieb skeptisch: »Bloß weil auf einmal dutzende von Katzen und Hunden so blöd sind, sich vor ein Auto zu werfen, vermutest du irgendein Komplott. Du hast mir dafür noch nicht einen einzigen stichhaltigen Grund genannt.«

»Willst du einen hören?«

»Ja, bitte!«

»Sagen wir einfach: weibliche Intuition.«

Holger schlug mit der Hand aufs Lenkrad: »Scheiße!«

»Holger!«

»Das kenne ich von Petra, immer wenn die ›weibliche Intuition‹ ins Spiel kommt, ist jede logische Diskussion am Ende.«

»Es spricht für deine Erfahrung, dass du es einsiehst.«

Holger schwieg. Mira ließ ihm eine Minute, um die Geschichte zu verdauen, dann hakte sie erbarmungslos nach: »Also, wie sieht es aus, hilfst du mir oder lässt du mich sitzen?«

Holger knurrte: »Das wäre das erste Mal.«

»Prima!«, freute sich Mira. »Du rufst also morgen den Harman an.«

»Morgen ist Sonntag.«

»Hast du nicht seine Privatnummer?«

»Ausnahmsweise mal nicht.«

»Holger, lüg mich nicht an.«

»Na ja, vielleicht könnte ich sie herausbekommen …«

»Siehst du, so kommen wir weiter. Du rufst ihn an.«

Holger gab zu bedenken: »Wenn ich will, dass er Informationen für uns rausrückt, dann sollte ich vielleicht doch besser bis Montag warten.«

»Na schön, dann eben Montag. Aber du versprichst mir, dass du ihn gleich Montag früh ausfragst?«

»Geht klar, Boss. Sofern du mir versprichst, dass du morgen nicht auf eigene Faust losziehst und irgendwelchen Unsinn anstellst.«

Mira nickte abwesend, etwas hatte ihr Interesse geweckt. Dort auf der anderen Straßenseite, am Eingang der Gasse, balgten sich zwei Katzen, eine davon sah aus wie …

»Nestrooooooooy!«

Holger schreckte zusammen. Mira deutete hinüber. »Dort, da drüben. Schnell!«

Holger warf einen kurzen Blick in den Rückspiegel, dann scherte er, ohne zu blinken, nach links aus, quer über die Gegenspur und kam mit einem kurzen Quietschen direkt auf dem Gehweg zum Stehen. Blitzschnell sprangen beide aus dem Wagen, doch die Katzen waren bereits verschwunden.

»Schnell, in die Gasse«, rief Mira und rannte los. Holger sprintete hinterher. Die Gasse war schmal und dunkel, überall standen volle Mülltonnen. Mira sah nach wenigen Schritten kaum noch etwas, plötzlich stolperte sie über etwas Weiches und fiel der Länge nach in den Schmutz. Sie fluchte. Holger blieb stehen, er hörte eine undeutliche Stimme: »Was is'n los? Kann ma nisch mal hier in Ruhe poofen?«

Mira rappelte sich auf und kramte in ihren großen Taschen. Schließlich hatte sie ihre Minitaschenlampe gefunden und knipste sie an.

Ihr Strahl erfasste ein paar schmutzige, an zahlreichen Stellen kaputte Stiefel, dann eine fleckige Hose. Der Strahl fuhr weiter, über einen Berg Zeitungen bis zu einem haarigen, verdreckten Gesicht, das irritiert ins Licht blinzelte. Eine Hand fuhr hoch und versuchte, die Augen vor dem grellen Licht zu schützen.

»Teufel, was ist das?«, fragte Holger.

»Mach ma die Funzel aus«, knurrte die Gestalt, die nach einer unangenehmen Mischung aus billigem Fusel und Abfall roch.

Mira schwenkte die Lampe zur Seite und klärte Holger auf: »Das ist der Teil unserer schönen Gesellschaft, der in deiner Zeitung nicht vorkommt.«

Holger protestierte: »Hör mal …«

»Schwamm drüber. Jedenfalls ist der hier KEINE Katze. Und er wird uns auch nicht viel über Nestroys Schicksal erzählen können. Nicht in DEM Zustand.«

Holger knurrte: »Lass uns umkehren.«

Mira rief in die Dunkelheit: »Nestroooooy! Hörst du mich? Nestroooy!«

Sie lauschte, aber es kam keine Reaktion. Der Obdachlose zu ihren Füßen brummelte: »Nu machen Se hier auch noch 'nen Höllenkrach.«

Mira rief noch einmal: »Nestroooooy!«

Zwei Stockwerke über ihnen ging ein Licht hinter einem Fenster an. Es öffnete sich. Holger zischte: »Mira, nun hör auf, so rumzuschreien, du weckst noch die ganzen… Aaaaaahrg!«

Von oben ergoss sich ein Schwall eiskalten Wassers direkt auf Holgers Kopf. Selbst Mira und der Mann bekamen noch Spritzer ab.

Eine hohe Stimme keifte in die Dunkelheit: »Verdammtes Pennerpack. Was fällt euch ein, hier rumzugrölen. Besauft euch woanders!«

Der Penner schimpfte, Holger war sprachlos und Mira hielt sich den Bauch und lachte aus vollem Halse. Holger wandte sich zum Gehen und stapfte breitbeinig die Gasse entlang zu seinem Auto. Mira folgte ihm.

»Holger?«

Eisiges Schweigen.

»Holger?«

Keine Reaktion.

»Komm schon, das war doch nicht meine Schuld. Du bist einfach ungünstig gestanden.«

Sie traten aus der Gasse zu Holgers Auto. Holger zog umständlich und mit verkniffenem Gesicht seine Jacke aus und begann, sie auszuwringen. Dabei fiel sein Handy aus der Tasche und knallte auf den Asphalt.

Er stand einer schüchtern lächelnden Mira gegenüber. Ihr Blick wurde beinahe flehend: »Friede?«

»Hmm.«

»Komm schon.«

»Du kommst jetzt. Und zwar mit mir nach Hause.« Holger schloss die Tür auf und setzte sich, patschnass, wie er war, hinters Steuer. Er nieste, öffnete die Beifahrertüre und ließ Mira einsteigen. Holger setzte den Wagen zurück und bog dann wieder auf die Straße ein. Er knurrte: »Und wenn du wieder glaubst, Nestroy irgendwo zu sehen, dann tu mir einen Gefallen.«

Mira fragte eifrig: »Und welchen?«

»Halt den Mund.«

Wenig später hielt Holger vor dem Haus der Morgensterns. Mira warf einen kritischen Blick aufs Haus. Sämtliche Fenster waren dunkel. Sie atmete auf. Offensichtlich war der Rest der Familie schon zu Bett gegangen. Sie stieg aus, verabschiedete sich von Holger und wartete, bis er in der Dunkelheit verschwunden war. Unendlich langsam schlurfte Mira den Weg zum Haus entlang. Vorsichtig schloss sie die Türe auf, zog ihre Schuhe aus und schlich auf Strümpfen durch den Flur.

Sie kam an der Küchentür vorbei. Schlagartig meldete sich ihr Magen. Ihr fiel ein, dass sie seit einer Ewigkeit nichts mehr gegessen hatte. Sie blieb stehen. Ein kurzer Blick in den Kühlschrank könnte nichts schaden.

Mira knipste das Licht an – und erschrak.

Kopfarbeit

Am Küchentisch saß ihre Mutter. Mira schluckte: »Hallo, Mama. So spät noch auf?«

»Ich konnte nicht schlafen. Komm, setz dich zu mir.«

Mira schenkte sich ein Glas Wasser ein, dann ließ sie sich auf die Eckbank fallen.

»Und?«, wollte Mama wissen.

Mira, die jetzt merkte, wie müde sie war, antwortete in schleppendem Tonfall: »Es war nicht Nestroy.«

Ihre Mutter wirkte irritiert.

Mira erklärte: »Es war eine andere Katze, die überfahren wurde. Die Tierärztin ist sich ganz sicher.«

Ihre Mutter freute sich mit Mira, dann wurde sie aber wieder ernst: »Und was jetzt? Willst du so weitermachen? Dich ständig gehen lassen, mitten in der Nacht herumtreiben und an nichts anderes mehr denken?«

Mira zuckte mit den Schultern.

»Mira, das Leben muss weitergehen. Du solltest dich mit dem Gedanken anfreunden, dass Nestroy vielleicht nie wieder auftaucht.«

»Aber Mama, er lebt!«

»Bist du dir da so sicher, mein Kind? Nestroy ist ein alter Kater. Vielleicht ist er …«

»Sag doch so was nicht!«

»Mira, du musst akzeptieren, dass es so sein könnte. Bitte! Ich weiß, wie sehr du Nestroy mochtest. Aber du kannst so nicht weitermachen.«

Mira saß bewegungslos auf der Eckbank. Sie zitterte vor Müdigkeit. Mama nahm sie in den Arm. »Geh jetzt ins Bett. Morgen ist Sonntag, da kannst du ausschlafen. Dann sehen wir weiter.«

Später konnte sich Mira nicht einmal mehr daran erinnern, wie sie ins Bett gekommen war.

Am Sonntag verschlief sie glatt das Frühstück. Der Rest der Familie bewegte sich ausnahmsweise fast lautlos durchs Haus, um Mira nicht zu wecken. Absolute Ruhe hatte Mama Morgenstern verordnet, »aus therapeutischen Gründen«, wie sie den anderen erklärte. Und keiner wagte, gegen Mamas Anordnung zu verstoßen.

Als gegen Mittag immer noch keine Mira aufgetaucht war, schlich sich ihre Mutter auf Zehenspitzen zu Miras Zimmer. Langsam und ganz sachte drückte sie die Klinke hinunter, öffnete vorsichtig die Türe und warf einen verstohlenen Blick auf Miras Bett. Es war leer!

Mama riss die Türe auf und stürzte ins Zimmer. »Kannst du nicht anklopfen?« Die Stimme kam vom Schreibtisch. Mira saß mit dem Rücken zur Türe und hatte unzählige Bücher und Notizzettel auf ihrem Schreibtisch verteilt.

Ihre Mutter entschuldigte sich: »Ich dachte, du schläfst.«

Mira drehte sich um. »Oh, du bist's, Mama, ich hatte einen meiner nervenden Brüder in Verdacht.« Mama betrachtete Mira. Sie sah viel besser aus als am Abend zuvor. Sie glaubte sogar wieder ein klein wenig von dem verschmitzten Grinsen in Miras Miene zu erkennen, das immer auftauchte, wenn Mira kurz vor der Auflösung eines Falles stand oder eine andere große Unternehmung plante.

»Gleich gibt es Mittagessen, Mira. Möchtest du nicht auch gerne etwas essen?«

»Oh, das ist lieb. Aber ich möchte erst das hier abschließen.«

Ein kleiner Hoffnungsschimmer keimte in Mama auf: »Deine Hausaufgaben von letzter Woche?«

Mira lächelte verlegen: »So etwas Ähnliches.«

Mama blickte kritisch, dann wandte sie sich zum Gehen. »Also schön, aber essen solltest du heute noch was. Ich stelle dir deine Portion noch eine Stunde warm. Spätestens dann sehen wir uns in der Küche.«

»Aye, aye, Käpt'n.« Mira war mit ihren Gedanken bereits wieder ganz woanders. Erst als ihre Mutter schon die Türe schließen wollte, schreckte sie nochmals auf: »Mama? Und … danke!«

Mama Morgenstern schloss die Türe, grinste und ging dann in wesentlich gelösterer Stimmung zum Esstisch, wo schon eine stattliche Anzahl hungriger Morgenstern-Männer jeden Alters auf ihr Erscheinen wartete.

Mira erschien eineinhalb Stunden später in der Küche – und hatte Hunger wie ein Wolf. Während sie gierig kaute, erkundigte sie sich nach Julius: »Ist Julius noch da? Er wollte doch heute zu irgendeiner Veranstaltung.«

Julius war noch da. Mira suchte ihn nach dem Essen in seinem Zimmer auf. Ihr Bruder Julius war seit einiger Zeit mit Vera befreundet, einem Mädchen, das sich stark bei Greenpeace engagierte. Und seitdem war auch Julius zu einem entschiedenen Umweltschützer geworden. Mira bat ihn um eine Telefonnummer: »Ich muss mit jemandem sprechen, der sich mit Tierversuchen auskennt.«

Julius selbst kannte keinen Experten auf diesem Gebiet, aber er rief Vera an. Binnen fünf Minuten hatte sie die Telefonnummer eines Dr. Vogt ausfindig gemacht, der für Greenpeace schon zahlreiche Vorträge zu diesem Thema gehalten hatte. Mira bezahlte ihre Schuld bei Julius – er durfte ihren Kassettenrekorder, den er vor Monaten nur ganz kurz »geborgt« hatte, noch eine weitere Woche behalten. Dann ging sie zum Telefon.

Das Gespräch dauerte lange. Dr. Vogt war nicht nur kompetent, er freute sich auch, dass ihm jemand den langweiligen Sonntagnachmittag verkürzte. Eine Dreiviertelstunde später war die Morgenstern'sche Telefonrechnung um ein sattes Sümmchen gewachsen, und Mira wusste alles, was sie hatte wissen wollen – und noch eine ganze Menge mehr.

Sie ging zu ihrem Schreibtisch, um sich Notizen zu machen und einige der Fragen abzuhaken, die sie auf einem großen Blatt formuliert hatte.

Bald schlurfte sie wieder zum Telefon. Ihr Vater, der im Wohnzimmer eine Sportübertragung anschaute, beäugte sie kritisch: »Mira, hast du vor, unser ganzes Haushaltsgeld zu vertelefonieren?«

»Einen Anruf noch, Paps. Das heißt, höchstens zwei. Es sind auch Ortsgespräche.«

Papa Morgenstern nickte langsam, dann widmete er sich wieder seinem Fußballspiel. Mira fischte nach dem Telefonbuch. Sie hatte Glück: Es gab nur fünf Kovalowskys in der Stadt. Und tatsächlich traf Mira beim zweiten Versuch ins Schwarze. Frau Kovalowsky holte ihren Mann von der gleichen Sportsendung weg, die auch ihr Vater anschaute. Zuerst war er ungehalten über die Störung, doch als er hörte, dass es Mira war, freute er sich, ihr helfen zu können.

Mira kam gleich zur Sache: »Sie sagten gestern Abend, es gäbe noch mehr Katzen und Hunde, die in letzter Zeit überfahren wurden. Erinnern Sie sich noch daran?«

»So ähnlich, ja.«

»Ich habe dazu eine Frage: Sind die Tiere wirklich alle überfahren worden oder anderweitig verschwunden?«

»Überfahren – nehme ich an.«

»Sie nehmen an?«

»Na ja. Wir haben seit einigen Wochen fast dreimal so viele Vermisstenmeldungen wie üblich. Erfahrungsgemäß sind 90 Prozent aller vermissten Tiere Opfer von Verkehrsunfällen geworden, das kann dir jeder Kollege bestätigen.«

»Ich glaube Ihnen.«

»Dazu kommt, dass wir fast keinen Unfall mit einem Hund oder einer Katze gemeldet bekommen. Bei einem Hirsch ist das etwas anderes, da gibt es meist einen Sachschaden. Aber kleine Tiere werden oft in den Straßengraben geschleudert oder noch von weiteren Fahrzeugen überrollt. Dann ist schon nach ein paar Stunden nicht mehr viel übrig. Die Leute machen sich eigentlich nur die Mühe, uns zu verständigen, wenn sie wegen der Versicherung ein amtliches Papier benötigen – oder wenn so ein Tier einen Folgeunfall verursacht hat.«

Mira hakte nach: »Sie haben also mehr Vermisstenanzeigen?«

»Deutlich mehr.«

»Also gut. Deutlich mehr Vermisstenanzeigen, aber nicht mehr Unfallmeldungen?«

»Ich denke schon. Genau ausgezählt habe ich sie natürlich nicht.«

Mira war zufrieden. »Vielen Dank und entschuldigen Sie nochmals die Störung.«

»Keine Ursache. Tut mir Leid, dass ich dir nicht weiterhelfen konnte.«

»Aber Sie konnten mir doch helfen. Und wie!«

Mira legte auf. An ihren Schreibtisch zurückgekehrt, strich sie eine weitere Frage auf ihrer Liste aus. Ihr war anzusehen, dass ihr Gehirn fieberhaft arbeitete. Hin und wieder machte sie flüchtige Notizen.

Am frühen Abend räumte Mira ihre Unterlagen zusammen und streckte sich. Sie war zufrieden. Mehr konnte sie fürs Erste nicht tun. Jetzt musste sie Verbündete gewinnen.

Mira wartete, bis Papa gegangen war. Er hatte am Sonntagabend fast immer eine Vierstundenschicht zu fahren. Mama war davon zwar nicht begeistert, aber für die Sonntagsschicht gab es einen satten Zuschlag und den konnte eine Familie mit acht Kindern immer gebrauchen.

Mira ging leisen Schrittes wieder zum Telefon. Sie wählte Holgers Privatanschluss. Nach dem achten Klingeln ging der Anrufbeantworter an: »Sie haben den Anschluss von Holger Grünberg und Petra Loorbach gewählt. Leider sind wir zurzeit nicht erreichbar…«

Mira legte wieder auf und wählte Holgers Handy an. Diesmal hatte sie Glück. Holger meldete sich sofort. Doch er war etwas ungehalten, als er Miras Ansinnen hörte.

»Holger, wir müssen uns so schnell wie möglich sehen.«

»Wie denkst du dir das? Ich sitze hier mit Petra im Theater. Was glaubst du, was ich für Blicke verpasst bekomme, weil hier mein Handy klingelt. Ich kann jetzt nicht weg – und ich will es auch nicht.«

»Aber ich bin mir jetzt sicher, was dahinter steckt.«

»Weißt du, wer es war?«

»Nicht direkt!«

»Hast du wenigstens eine Ahnung?«

»Mmmh, ja.«

»Lüg mich nicht an!«

»Na schön, eigentlich noch nicht. Aber eben darum brauche ich dich ja.«

Holger dachte kurz nach: »Morgen Mittag in der Redaktion.«

Mira war enttäuscht. »Geht es heute nicht mehr?« Es ging nicht. Frustriert schlurfte Mira nach dem Telefonat zurück auf ihr Zimmer. Also musste die Präsentation ihrer umfangreichen Recherche noch einen Tag warten. Aber ohne Holger kam sie nicht weiter, so viel stand fest.

Sie ging noch einmal ihre Notizen durch. Morgen musste sie Holger überzeugen und das würde sie auch – garantiert.

Von der Schule bis zum Redaktionsgebäude der *Morgenpost* war sie zu Fuß schneller als mit dem Bus. Wenige Minuten vor eins trat Mira aus dem Fahrstuhl ins Großraumbüro der Redaktion. Holgers Arbeitsplatz war aber leer. Mira ließ ihre Blicke durch den Raum wandern. Es war Mittagszeit. Nur wenige Journalisten saßen an ihren Schreibtischen. Roger winkte ihr zu. Er war ein Freund von Holger, der in der Sportredaktion arbeitete. Mira trottete zu ihm. »Hast du eine Ahnung, wo Holger steckt?«

Roger nickte: »Er ist im Aquarium, beim Boss.«

Miras Blick ging hinüber zu dem mit Glaswänden abgeteilten Büro des Redaktionsleiters, das unter den Redakteuren nur als Aquarium tituliert wurde. Sie zuckte mit den Schultern und ging zurück zu Holgers Schreibtisch. Dort setzte sie sich auf die Tischplatte, wozu sie allerdings erst einen Berg chaotisch umherliegender Unterlagen zur Seite schieben musste.

Sie studierte gerade den Ausdruck eines Artikels von Holger über die Geldverschwendung im Städtischen Bauamt, als eine Türe knallte. Hier gab es nur eine Türe, nämlich die zum Aquarium. Eilige Schritte kamen auf Mira zu, die aber nicht aufblickte.

Jemand stand vor ihr. Mira blätterte in Seelenruhe weiter, um etwas nebenbei ihre Frage zu stellen: »Unangenehme Neuigkeiten vom Chef?«

Holger knurrte: »Komm mit, wir gehen essen. Mein Magen braucht etwas, bevor er sich entscheidet, ein Geschwür zu bekommen.«

»Oh, so schlimm?« Mira beeilte sich, Holger zu folgen, der, ohne sich umzudrehen, zum Aufzug stapfte.

Nein! Nein!

Sie sprachen erst wieder miteinander, als beide in der kleinen Pizzeria gegenüber dem Redaktionsgebäude saßen, die ihren halben Umsatz mit den Redakteuren der *Morgenpost* machte.

Schließlich lockte Mira Holger aus seinem Schneckenhaus: »Hat dein Chef Druck von oben gekriegt, weil du die Stadtoberen anpinkeln willst?«

»Woher weißt du das? Lauschst du neuerdings an Türen?«

Mira lächelte: »Nein, aber dein Abgang aus dem Aquarium war eindrucksvoll. Und zufällig habe ich den Artikel über das Bauamt auf deinem Schreibtisch gelesen.«

Holger lobte: »Im Kombinieren warst du schon immer unschlagbar.«

»Und, kriegst du Ärger?«

»Ach wo. Wir haben uns nur ein wenig angeschrien. Noch heute Abend habe ich den Artikel durch – mit ein paar winzigen, unbedeutenden Kürzungen. Dieses Spiel spielen wir öfter. Er muss sich eben absichern gegenüber dem Verleger …«

Der Ober kam und brachte die Speisekarte. Nachdem beide, im Gedenken an den verschollenen Nestroy, eine Tunfischpizza bestellt hatten, zeigte nun wiederum Holger seine Neugier: »Also, nun schieß mal los mit deinen geheimnisvollen Überlegungen.«

»Die sind überhaupt nicht geheimnisvoll. Es steht felsenfest, dass irgendjemand in unserer Stadt systematisch Katzen und Hunde entführt.«

»Davon weiß die Polizei aber nichts. Ich habe, wie versprochen, heute Morgen mit Kommissar Harman telefoniert. Dort haben sie zwar ein wenig mehr Vermisstenmeldungen als sonst, aber das scheint kein Problem darzustellen.«

Mira zuckte mit den Schultern. »Wäre doch nicht das erste Mal, dass unser lieber Hauptkommissar ›kein Problem‹ sieht, das wir dann für ihn lösen.«

Holger grinste, als Mira fortfuhr:

»Ich habe mit Kovalowsky gesprochen. Es verschwinden seit kurzer Zeit mindestens drei- bis viermal so viele Haustiere wie gewöhnlich. Wenn du dazurechnest, was alles nie bei der Polizei gemeldet wird, dann ist das ganz gewiss kein Zufall.«

Holger dachte nach: »Aber wer soll dahinter stecken? Und warum?«

»Denken wir erst mal darüber nach, wer nicht dahinter steckt. Wäre es eine Art Krankheit, an der die Tiere plötzlich sterben, dann müssten deren Leichen irgendwo zu finden sein.«

»Und wenn sie wirklich irgendwie unter die Räder kommen?«

»Dann müssten auch mehr Unfälle entstehen. Das ist aber laut Kovalowsky nicht der Fall. Außerdem: Warum sollten plötzlich so viele Tiere das zwanghafte Verlangen bekommen, sich vor ein Auto zu werfen?«

Holger zuckte mit den Schultern. Zwei duftende Pizzas wurden ihnen serviert. Kurze Zeit herrschte Stille, während sich beide heißhungrig über ihre Teller hermachten.

Dann nahm Holger zwischen zwei Bissen das Gespräch wieder auf: »Und du meinst, irgendjemand entführt diese Tiere?«

»Es ist die einzige Möglichkeit, die Sinn macht.«

»Aber wozu? Lösegeld?«

»Quatsch. Wer zahlt Lösegeld für Straßenkater? Und wenn, dann bestimmt keine Summe, für die sich das Risiko lohnt.«

Holger fing Feuer: »Für Tierversuche. Wir wissen doch, wie schwer es für die Chemiefirmen ist, Tiere für solche Versuche zu bekommen. Wir haben doch zwei Großunternehmen bei uns, diese Kosmetikfirma und die Pharmatox AG, du weißt, im neuen Industriegebiet, gleich neben der Polizeischule.«

Mira winkte ab: »Das war auch mein Gedanke, aber es haut nicht hin. Ich habe mit einem Fachmann für Tierversuche gesprochen.«

»Wow, das nenne ich gründliche Recherche. Und was sagt der Fachmann?«

»Er sagt, dass die Tierversuche bei uns so genau geregelt sind, dass keine Firma dafür Tiere unbekannter Herkunft einsetzen könnte. Das sind speziell gezüchtete arme Kreaturen. Tiere von der Straße weg für Tierversuche zu fangen, wäre laut Dr. Vogt schlicht undenkbar.«

»Also, spann mich nicht länger auf die Folter. Was dann?«

»Die Tiere sind für Tierversuche, und zwar fürs Ausland. In anderen Ländern, vor allem in Süd- und Osteuropa, sind die Vorschriften weit weniger streng. Dort werden nach wie vor Tiere ohne Papiere eingesetzt, in weit größerem Umfang überhaupt als bei uns. Und da könnte es für eine Bande von skrupellosen Verbrechern schon interessant sein, die Tiere hier zu fangen und ins Ausland zu schmuggeln.«

»Lohnt sich das?«

»Angeblich werden auf dem Schwarzmarkt bis zu 50 Euro für eine Katze und 150 Euro für einen großen Hund gezahlt. Und Dr. Vogt meint, für den Schmuggel gäbe es haufenweise ungefährliche Möglichkeiten.«

Holger dachte nach: »Und wie sollen wir denen nun wirklich auf die Spur kommen?«

Mira atmete tief durch. Jetzt kam der kritische Punkt: »Rasterfahndung. Noch sind die Kerle aktiv. Kann sein, dass sie sich bald eine andere Stadt suchen. Wir müssen so schnell wie möglich einen Trupp Helfer zusammenstellen, die eine Nacht möglichst sämtliche Viertel der Stadt beobachten.«

Holger wehrte ab: »Unmöglich. Dafür bräuchtest du hunderte von Leuten. Das schafft nicht mal die Polizei. Und wahrscheinlich müsste man das mehrere Nächte machen.«

Mira nickte ernst: »Wenn du meinst. Es gibt auch noch eine Alternative.« Sie zögerte.

»Lass hören.«

»Nun, wir könnten versuchen, genau die Gruppe von Bürgern unserer Stadt zu befragen, die sich Nacht für Nacht in den Gegenden aufhält, in der sich auch Hunde und Katzen herumzutreiben pflegen.«

»Nachtwächter?«

Mira schüttelte den Kopf.

»Taxifahrer?«

»Ich dachte eher an bärtige Männer mit ungewöhnlichem Äußeren, regelmäßigem Alkoholkonsum und nicht ganz so festem Wohnsitz.«

»Penner? Die erzählen doch niemandem was.«

Mira legte entrüstet Gabel und Messer aus der Hand.

»Aber Holger, man sagt nicht Penner! Nenn sie Obdachlose, Berber, Personen ohne festen Wohnsitz – aber nicht Penner!«

»Also von mir aus. Wieso glaubst du, dass uns Obdachlose erzählen, was sie beobachtet haben? WENN sie was beobachtet haben!«

Mira lächelte: »Ich denke, untereinander sind sie sehr, wie sagt man, kommunikativ.«

»Schön, dann bräuchten wir also einen ... Obdachlosen ... der in unserem Auftrag die richtigen Fragen stellt. Und wie willst du so jemanden finden?«

»Na, ich dachte, es reicht, wenn wir jemanden haben, der sich als Obdachloser ausgibt ...«

Holger blieb skeptisch. »Und wer lässt sich auf so eine Kiste ein?«

Mira legte ihr Besteck neben den Teller, griff zu ihrem Glas und prostete Holger zu. Der brauchte einige Sekunden, bis es ihm dämmerte: »Ich? Du meinst ... ICH soll, als Penner verkleidet, die Nacht im Pappkarton verbringen?«

Mira nickte und nahm einen tiefen Schluck.

Holger hob beide Hände: »Nur dass wir uns da gleich richtig verstehen. Die Antwort lautet NEIN. Nein, nein, nein! Auf gar keinen Fall.«

Mülltonnenblues

Mira zupfte noch einmal den falschen Bart zurecht, der an Holgers Kinn klebte. »Prima schaust du aus, wirklich überzeugend.«

Holger blickte kritisch an sich herunter. Er fühlte sich ziemlich unwohl in seiner Verkleidung als Obdachloser.

Mira nickte eifrig, um Holger jeden Selbstzweifel zu nehmen. »Ich würde glatt auf dich reinfallen. Wir müssen nur noch etwas für die geruchliche Komponente tun.« Mit diesen Worten griff sie in die Plastiktüte, in der sie die Verkleidungsutensilien mitgebracht hatte, förderte eine Flasche Schnaps zutage und bespritzte Holgers Haare und Jacke großzügig mit dem Inhalt. Der wich einen Schritt zurück: »Das muss doch nicht sein.«

»Doch, es muss. Sonst riechen unsere Freunde den Reporter in dir schon auf hundert Meter Entfernung. Und dann kannst du garantiert gleich einpacken.«

Schließlich war Holger in Miras Augen genügend präpariert für seine Bewährung auf der Straße. Er steckte eines der beiden Funkgeräte ein, die Mira sich von ihrem großen Bruder Frank geliehen hatte. Mittlerweile war es knapp zehn Uhr abends. Die letzten Passanten trotteten über die Gehwege, die ersten Obdachlosen hatten sich bereits ein lauschiges Plätzchen für die Nacht gesucht. Holger schlurfte in etwas zu großen Schuhen und mit einer schon häufig gebrauchten Plastiktüte unter dem Arm in das Gassengewirr der Innenstadt. Mira folgte ihm in einigem Abstand.

Holger meldete sich hin und wieder unauffällig über Funk, aber es gab keine Neuigkeiten. Der erste Obdachlose, dem er begegnete, war so besoffen, dass er nur noch lallte. Der zweite schlief so fest, dass ihn kein Erdbeben der Welt aufwecken konnte.

Mira, die stets in Sichtkontakt mit Holger blieb, schlug schließlich vor: »Wenn du noch zwei Blocks weitergehst, kommst du an die nette Gasse vom letzten Mal. Du weißt schon, die mit der kalten Dusche.«

»Die werde ich nie vergessen«, knurrte Holger.

»Vielleicht findest du dort mit etwas Glück unseren alten Bekannten. Und vielleicht ist er heute noch nicht ganz besoffen…«

Widerwillig ließ Holger sich auf Miras Vorschlag ein. Während Mira am Anfang der stockdunklen Gasse wartete, schlurfte Holger langsam hinein. Mira hörte eine kurze Meldung von Holger: »Ich sehe ein kleines Feuer, eine Art Lagerfeuer in einem stehenden Ölfass. Es stehen mehrere Obdachlose herum, die sich die Hände wärmen. Ich werde mich dazugesellen…«

Mira wartete ab, was weiter geschehen würde. Ein Transporter kam die Straße entlanggefahren. Mira drückte sich in einen schattigen Hauseingang, als der Wagen langsam vorüberfuhr. Er war dunkel lackiert. Das Gesicht des Fahrers, das sie nur für einen Sekundenbruchteil im Licht einer Straßenlaterne sehen konnte, kam ihr irgendwie bekannt vor. Doch Mira konnte es nicht zuordnen. Sie griff nach ihrem Funkgerät und drückte auf die Sprechtaste: »Holger, hörst du mich?«

Doch es kam keine Reaktion. Wahrscheinlich hatte er das Gerät abgeschaltet, als er sich zu dieser gemütlichen Runde gesellte. Das Rauschen des Gerätes könnte ihn sonst womöglich verraten.

Mira tastete sich langsam in die Gasse vor. So dunkel hatte sie den Weg hier nicht in Erinnerung. Langsam kam Mira voran. Sie hatte zwar eine Taschenlampe dabei, traute sich aber nicht, diese anzuknipsen, um Holgers neue Bekannte nicht zu erschrecken.

Plötzlich huschte ein Schatten vor Miras Füße. Der Schreck saß ihr ordentlich in den Gliedern, obwohl sie die Katze auf dem Zaun längst erkannt hatte. Mit einem sanften Lächeln und zitternden Knien konzentrierte sie sich wieder darauf, geräuschlos weiterzukommen. Das war angesichts der unzähligen Kartons und Mülleimer bei fast völliger Dunkelheit gar nicht so einfach.

In der Ferne ahnte sie das Feuer, von dem Holger berichtet hatte. Bald war sie so nahe, dass sie sehen konnte, wie zwischen Holger und seinen zwei Kollegen am Fass ein Flachmann kreiste. Holger arbeitete wirklich mit vollem persönlichem Einsatz.

Plötzlich hörte sie hinter sich ein rollendes Geräusch. Sie drückte sich an die Wand und drehte sich um. Wieder rollte ein Transporter die Gasse entlang. Er fuhr so langsam, als suchte er eine Hausnummer. Mira rutschte blitzschnell hinter einen großen Müllcontainer. Gerade noch rechtzeitig, denn das Fahrzeug hielt dort, wo sie eben noch an der Wand gelehnt hatte. Es war ein dunkler Transporter. Schwarz. Jetzt fiel ihr wieder ein, dass sie so ein Fahrzeug hinter ihrem Garten gesehen hatte, in der Nacht, in der Nestroy verschwunden war.

Eine ganze Zeit lang geschah nichts, dann hörte Mira ein leises, quietschendes Geräusch. Inzwischen hatten sich ihre Augen so gut an die Dunkelheit gewöhnt, dass sie bemerkte, wie die Beifahrerscheibe des Wagens heruntergekurbelt wurde. Eine Hand mit einer Pistole erschien im Fenster und zielte die Gasse entlang. Mira erschrak. Was hatte das zu bedeuten? Wer saß in dem schwarzen Fahrzeug und worauf zielte er? Ihr Blick folgte der Pistole, doch ein Ziel konnte Mira nicht bestimmen.

Plötzlich ertönte ein leises Plop, wie von einer Luftdruckpistole. Zwischen den Mülleimern, auf die der Schütze gezielt hatte, erklang ein kurzes, klagendes Jaulen. Schließlich noch ein Wimmern und ein Scharren, bevor es wieder still wurde. Mira stöhnte. Sie war soeben Zeuge geworden, wie jemand kaltblütig einen Hund erschossen hatte. Ihr war klar, dass sie bei ihrer Suche erfolgreich gewesen war. Erfolgreicher, als ihr gut tat. Nur wenige Meter von ihr entfernt, hatten die Verbrecher zugeschlagen. Aber warum erschossen sie die Tiere? Und wohin verschwanden sie anschließend?

Miras Gedankengang wurde unterbrochen, als sich die Beifahrertür öffnete. Das Licht in der Fahrerkabine sprang dabei an und Mira erschrak. Der Fahrer des Wagens war niemand anderer als Mick, der Boss der Stadtparkcowboys. Der Typ, der geschossen hatte, war sein Kumpel.

Schlagartig ging das Licht aus. Sie hörte, wie Mick seinen Kumpel anpflaumte: »Idiot! Warum hast du die Birne wieder reingedreht? Wenn uns jetzt jemand gesehen hat?«

Der andere brummte eine unverständliche Entschuldigung, dann huschte er heraus und kam kurz darauf mit dem Hundekadaver wieder. Mick war nach hinten in den Laderaum geklettert und öffnete die Schiebetüre, sodass sie ihre Beute einladen konnten. Sie hörte Mick schimpfen: »Musstest du wieder so einen Großen kassieren? Ich hoffe, der wacht uns nicht wieder zu früh auf wie der Letzte.«

Mira nickte. Das war es also, sie schossen mit Betäubungsmunition. Sie brauchten die Tiere doch lebend. Mira versuchte, aus ihrem Versteck heraus das Nummernschild des Wagens zu erkennen. Dabei beugte sie sich weit über die Tonne. Der Müllbehälter wackelte gefährlich. Erschrocken griff Mira mit beiden Händen zu und konnte die Tonne gerade noch vor dem Umfallen retten, aber der Deckel schoss herab und landete scheppernd auf dem Boden.

Die nun folgende Stille war gespenstisch. Niemand wagte, sich zu bewegen. Mira hielt die Luft an. Auch die beiden Tierfänger waren erstarrt.

Dann knipste einer von beiden seine Taschenlampe an und ging langsam um den Wagen herum auf Miras Seite. Die sah sich mit wachsender Panik um. Zu spät, um zu fliehen. Sie hatte nur noch eine Möglichkeit. Blitzschnell duckte sie sich eng an die Wand, stülpte sich einen Pappkarton voll stinkender Abfälle über den Kopf und stellte sich tot. Sie hörte, wie die Schritte der beiden näher kamen. Durch den Schlitz unter dem Karton sah sie, wie der Lichtkreis der Taschenlampe immer wieder über sie hinwegstrich. Beide Jungs sprachen kein Wort. Mira versuchte, ein aufkommendes Zittern zu bekämpfen. Sie schloss bibbernd die Augen und hoffte inständig, nicht gefunden zu werden. Ausgerechnet von den beiden, die sie ohnehin gerne gerupft hätten…

Schlagartig wurde es hell. Einer von beiden hatte den Pappkarton hochgerissen und der andere leuchtete ihr mit der Taschenlampe direkt ins Gesicht.

»Ha, wen haben wir denn da?«, brummte Mick.

»Das ist doch…«, sagte der andere.

Micks Stimme überschlug sich fast: »… eine alte Bekannte.«

Mira blinzelte in das grelle Licht, sagte aber nichts und versuchte, ihren ganzen Mut für eine Erwiderung zusammenzunehmen.

»Was machen wir jetzt?«

»Nun, sie hat uns erkannt. Da bleibt uns nur eines…«

Mick schnippte mit dem Finger, worauf sein Kumpel die Betäubungspistole aus dem Gürtel zog und auf sie anlegte.

Das Plop hörte sie seltsam klar und deutlich. Dann spürte sie einen kurzen, stechenden Schmerz in ihrem linken Oberschenkel. Und fast blitzartig wurde es dunkel um sie.

Im Tower

Mira erwachte in einem kleinen, fensterlosen Raum, dessen weiße Gipswände nur von einer einzigen Glühbirne beleuchtet waren. Das einzige Möbelstück darin war eine Art Krankenliege, auf die man sie gebettet hatte. Sie brauchte eine Weile, bis sie sich an das Geschehen erinnern konnte.

Mira hatte keine Ahnung, wie lange sie in diesem Raum gelegen hatte. Es konnte eine Stunde gewesen sein – ebenso aber auch drei Tage. Sie schaute sich um. Der Raum war leer, bis auf die Liege und eine Kamera in unerreichbarer Höhe.

Ein Schlüssel drehte sich im Schloss und Mira blickte kurz darauf in die Gesichter von zwei großen, kräftig gebauten Männern in gepflegten Anzügen. Mira erkannte diesen Typ auf Anhieb: Bodyguards, Männer fürs Grobe. Offensichtlich keine verantwortlichen Köpfe, eher kleine Laufburschen mit Kanone. Der eine war sogar noch einen Kopf größer als sein Partner. Garantiert musste der sich bücken, wenn er durch eine normale Tür gehen wollte. Sein »kleinerer« Kollege war immer noch hünenhaft. Er trug einen gefährlich aussehenden Schnauzbart und trotz der eher spärlichen Beleuchtung eine Sonnenbrille.

Mira beschloss, es auf die freundliche Tour zu versuchen: »Servus, Jungs, auf euch habe ich bereits gewartet.«

Keiner der beiden Kleiderschränke verzog eine Miene. Einer brummte: »Mitkommen!«

Die beiden Männer führten Mira zum Fahrstuhl. Die Kabine war mit edlem Samt ausgeschlagen und auf einer Seite raumhoch verspiegelt. Offensichtlich war dies kein Transportaufzug. Er hatte keine Knöpfe, stattdessen eine Tastatur mit insgesamt neun Tasten. Je drei in einer Reihe. Einer der Männer drückte nacheinander vier Tasten. Obwohl er dabei die Tastatur mit dem Rücken verdeckte, konnte Mira seine Eingabe verstohlen im Spiegel beobachten. Sie prägte sich den Code genau ein.

Schweigend fuhren die Männer nach oben. Mira beschloss, sie ein wenig auszuhorchen: »Ey, Leute, machen wir einen Ausflug, oder was?«

Keine Antwort. Keiner der beiden verzog das Gesicht. Mira schluckte. Sie startete einen zweiten Versuch: »Also, falls ihr es nicht gemerkt habt, ich bin KEINE Katze. Irgendwie muss ich versehentlich bei der Lieferung gelandet sein.«

Keine Reaktion.

»Ich mache euch einen Vorschlag. Ihr lasst mich frei und wir vergessen die ganze Angelegenheit. Ich bin nicht nachtragend …«

Die mumienhaften Gesichter ihrer Bewacher ließen Mira verstummen.

Der Fahrstuhl hielt. Die Kabinentür öffnete sich zischend. Mira sah einen dicken, flauschigen rostroten Teppichboden, mit dem ein riesiger Raum ausgelegt war, der rundum wandhoch nur aus Glas bestand. Aus einem Lautsprecher tönte sanfte, sphärische Musik. Wenige schwarze Ledersessel standen im Raum. An einem der Fenster erkannte sie eine hoch gewachsene weißhaarige Gestalt, die ihr den Rücken zuwandte. Mira wurde von einem ihrer Begleiter unsanft angestupst, sodass sie einige Schritte in den Raum hineinstolperte. Die beiden Bewacher bauten sich rechts und links neben dem Eingang zum Fahrstuhl auf, dessen Türe sich wieder hinter ihnen schloss.

Mira schaute sich im Raum um. In der Mitte war eine Art Computerwand installiert, die kreisrund wie eine Litfasssäule aus Tastaturen, Monitoren, Reglern, Schiebern und leuchtenden Lämpchen bestand. Außer dem Mann am Fenster und ihren Bewachern schien niemand im Raum zu sein. Mira wartete ab, doch der weißhaarige Herr im schwarzen Anzug rührte sich nicht.

Schließlich ertönte seine kräftige Stimme: »Komm her und schau.«

Mira ging zur Fensterfront. Der Anblick war atemberaubend. In der Dunkelheit erkannte sie das ehemalige Flughafengelände des Militärstützpunkts. Unzählige Lampen und Laternen erleuchteten das Areal. Auf dem alten Rollfeld war nun ein kleiner, firmeneigener Hubschrauberlandeplatz angelegt worden.

Draußen regnete es und so spiegelten sich viele Lampen noch einmal auf dem nassen Asphalt. Mira erkannte die Gebäude der Polizeischule, die Speditionen. Jetzt dämmerte es ihr. Sie befand sich im ehemaligen Tower des Flugplatzes. Wie hieß die Firma noch? Pharmatox AG. Hier also war sie gelandet. Schlagartig wurde ihr klar, dass sie den schwarzen Transporter bei der Eröffnung der Polizeischule hier gesehen hatte. Damals hatte sie sich noch gewundert, dass er als einziges Fahrzeug ohne Kontrolle aufs Werksgelände fahren durfte. Jetzt wusste sie auch, weshalb. Er brachte die entführten Hunde und Katzen aufs Gelände. Aber warum? Führte Pharmatox doch Tierversuche durch? Das war doch laut Dr. Vogt undenkbar.

Der große Herr drehte sich zu ihr. »Weißt du, wo du bist?«

Mira erschrak: »Sie sind …«

Der weißhaarige Mann lächelte sie an. Doch es war kein warmherziges Lächeln. Es war ein Lächeln, das Mira das Blut in den Adern gefrieren ließ. »Wer bin ich?«

Mira erkannte den Mann, Holger hatte sich bei der Einweihung der Polizeischule lange mit ihm unterhalten.

»Gramsbacher!«

Der Mann nickte.

»Der Staatssekretär Gramsbacher!«

Der Mann schüttelte den Kopf. Mira war verunsichert. »Aber Sie sind doch der Gramsbacher?«

Ein tiefes, heiseres Lachen entfuhr dem Mann.

»Ja, ich bin der Gramsbacher. DER Gramsbacher. Anders als mein schwächlicher Bruder, der es sich in der Politik bequem gemacht hat, habe ich die elterliche Firma übernommen und zum Imperium Pharmatox ausgebaut. ICH bin der Gramsbacher, von dem noch Generationen sprechen werden.«

Mira schluckte. Offensichtlich hatte der Mann einen Sprung in der Schüssel. Wahrscheinlich war er größenwahnsinnig. Sie war in die Hände eines Irren gefallen!

Gramsbacher fuchtelte mit der Hand in Richtung Glaswand. »Dort siehst du nur einen Bruchteil meines Unternehmens. Wir haben Filialen in der ganzen Welt, wir machen Geschäfte mit über 50 Nationen. DAS ist eine Leistung, nicht das Aktenschieben im Ministerium.«

Schlagartig beruhigte sich der Mann wieder. Er schaute aus dem Fenster. Über eine Minute blieb es still im Raum. Dann wandte er sich wieder an Mira.

»Was mache ich mit dir? Du bist ein Problem.«

»Ich weiß doch fast nichts.«

»Das, was du weißt, ist schon zu viel. Aber ich glaube, ich habe bereits eine Lösung gefunden. Es ist zwar bedauerlich, aber du hättest mir eben nicht nachschnüffeln sollen.«

»Ich habe Ihnen nicht nachgeschnüffelt, ich habe nur Nestroy gesucht.«

»Nestroy? Wer zum Teufel ist Nestroy?«

»Mein Kater.«

Gramsbacher lachte. »Ein Kater. Ich fasse es nicht. Wegen einem Kater hätte die Kleine fast unser ganzes Unternehmen gekippt.«

»Welches Unternehmen?«

Gramsbacher fauchte sie an: »Stell dich nicht dumm. Du weißt genau, dass wir von Mick Katzen und Hunde in den Straßen aufsammeln lassen.«

»Die Stadtparkcowboys machen die Tierfänger für Sie?«

Gramsbacher lachte: »Quatsch, das sind doch Kinder. Nur Mick und sein Kumpel sind für uns unterwegs. Je weniger etwas wissen, desto weniger können plaudern.«

Mira schluckte. Sie war eine von denen, die schon zu viel wussten. Nun konnte sie auch versuchen, den Rest herauszukriegen.

»Aber wozu brauchen Sie die Tiere? Ich weiß genau, dass Sie sie hier nicht für Tierversuche verwenden können.«

Gramsbacher dachte kurz nach. »Also gut. Du kannst ohnehin keinen Schaden mehr anrichten. Trotz all meiner Bemühungen ging es meinem Unternehmen in den vergangenen Jahren immer schlechter. Wir waren spezialisiert auf Insektenvernichtungsmittel und chemische Einsatzwaffen.«

»Pfui!«

Gramsbacher lachte: »Vor fünfzehn Jahren wurden wir für unser Engagement noch gelobt. Aber durch die Ökowelle ist unser Absatz an Insektenvernichtungsmitteln rapide eingebrochen. Und für militärische Investitionen haben die Herren Politiker wie mein Bruder die Mittel ebenfalls drastisch reduziert. Nun, zum Glück haben wir rechtzeitig neue Märkte im Osten erschlossen. Dort gibt es vor allem für militärische Anwendungen Bedarf – und Geld.«

Mira war schockiert: »Das ist doch illegal!«

»Na und? Wir bauen vor Ort die Fabriken und liefern unser Know-how. Offiziell werden dort Insektenvernichtungsmittel produziert. Der Markt im Osten ist noch lange nicht gesättigt. In wenigen Tagen haben wir eine Präsentation, um neue Kunden zu gewinnen. Leider sind diese Menschen dort mit Formeln und Prospekten nicht zu überzeugen. Wir müssen ihnen die Wirkung schon praktisch demonstrieren.«

Mira traf die Erkenntnis wie ein Hammerschlag: »Und DAFÜR brauchen Sie unschuldige Tiere? Für einen Demo-Massenmord?«

Gramsbacher zuckte mit den Schultern: »Was scheren mich die paar Viecher, wenn es um Millionen geht. Die Herrscher dort sind nicht so zimperlich wie du.«

Mira schwieg. Diese Ungeheuerlichkeit musste sie erst einmal verdauen.

Gramsbacher lächelte: »Und dich werden wir der nächsten Lieferung beipacken, gewissermaßen als Dreingabe. Ich bin mir sicher, sie werden dort Verwendung für ein cleveres Mädchen wie dich haben. Und ich bin dich los, ohne mir die Finger schmutzig zu machen.«

Gramsbacher nickte: »Du wirst dich noch bis morgen gedulden müssen. Mich wirst du entschuldigen, ich habe heute Abend noch einen Wohltätigkeitsball auf dem Programm stehen. Aber keine Bange, wir haben ein sicheres Plätzchen für deine ungestörte Nachtruhe.«

Mira schwieg. Sie würde nicht um Gnade betteln. Sinn hätte es ohnehin keinen. Gramsbacher gab seinen Wachmännern ein Zeichen und die beiden zogen Mira zum Fahrstuhl.

Unten wurde sie an dem Raum, in dem sie zuvor eingesperrt gewesen war, vorbeigeführt. Ihre beiden Bewacher drückten eine Doppeltüre auf, die in eine kleine Lagerhalle führte. Hier standen zahlreiche Käfige übereinander. In jedem kauerte eine armselige Kreatur.

Nestroys Meisterstück

Mira war schockiert. In diesem Raum waren gut und gern hundert Tiere auf engstem Raum zusammengepfercht. Vom jungen Siamkater bis zum ausgewachsenen Dalmatiner war so ziemlich alles vertreten, was es an Katzen und Hunden gab.

Bei ihrem Eintritt begannen einige Tiere zu jaulen oder aufgeregt an den Käfiggittern zu scharren, doch ihre beiden Begleiter beachteten sie nicht. Sie gingen quer durch den Raum zu einem Schreibtisch, an dem ein unheimlich fetter Mann in einem verschmierten weißen Laborkittel saß und gerade dabei war, ein überdimensionales Leberwurstbrot zu vertilgen. Einer von Miras Bewachern rief: »He, Müller, wir haben ein neues Exemplar für deine Sammlung.«

Der Dicke erhob sich schwerfällig, griff nach einem schwarzen Gummiknüppel und musterte Mira. Dann grinste er fies: »Soll ich sie zu dem Rottweiler sperren?«

Ihr Begleiter lachte: »Nee, lass mal. Der Chef will, dass sie unversehrt am Bestimmungsort ankommt.« Bedauernd zuckte der Dicke mit den Schultern. »Na schön, dann wollen wir mal ein lauschiges Plätzchen für die kleine Wildkatze suchen.« Er marschierte an einer der Käfigreihen vorbei. Dabei ließ er seinen Gummiknüppel die Käfiggitter entlangrattern. Die Tiere verkrochen sich verängstigt im hintersten Winkel ihrer Käfige. Mira kniff die Augen zusammen. Dieser Müller musste ein echter Tierquäler sein.

Da hörte Mira neben sich ein lautes Maunzen. Blitzartig warf sie den Kopf herum. »Nestroy!« Mira riss sich los und griff mit beiden Händen ans Käfiggitter. Ihr Kater begann sofort, zu schnurren und

Miras Finger zu lecken. Hier also war Nestroy gelandet. Mira hatte es vermutet.

Der Dicke drehte sich um und ließ den Gummiknüppel auf Nestroys Käfig heruntersausen. Mira sprang erschrocken zurück. Müller lachte: »Ihr kennt euch, Kleine?«

»Das ist mein Kater, du fette Schnecke«, entfuhr es Mira. Das fiese Lachen erschallte wieder. Müllers dicker Bauch hüpfte dabei auf und nieder. »Irrtum, Kleine. Es WAR dein Kater. Jetzt gehört er uns. Und er wird sein Leben der Wissenschaft opfern.«

»Wissenschaft, dass ich nicht lache. Kommerz meinst du wohl, du hüpfende Speckrolle.« Einer von Miras Bewachern prustete los, auch der andere verzog seine Mundwinkel zu einem belustigten Grinsen. Müller wurde ungehalten. »Dir werden die frechen Sprüche schon noch vergehen, du Göre. Los, hier rein. Dann kannst du deinem Ex-Kater die ganze Nacht zuwinken, wenn du Lust hast.«

Er bugsierte Mira in einen der höchstens meterhohen Käfige, in dem sie nicht einmal aufrecht stehen konnte. Dann warf er mit dem Gummiknüppel die Türe zu und legte den Riegel vor. Bei Miras Käfig brachte er zusätzlich ein dickes Vorhängeschloss an. Den Schlüssel ließ er noch einmal belustigt vor Miras Gesicht tanzen, dann versenkte er ihn in einer der Taschen seines schmierigen Laborkittels.

Ohne weiteren Kommentar drehten sich die drei um. Die Bodyguards verließen den Raum und der Dicke kümmerte sich wieder voll Hingabe um sein Leberwurstbrot.

Mira saß auf ihrem Käfigboden und überdachte ihre Lage. Sie war mit einem einzigen Wort hinreichend beschrieben: hoffnungslos. Sie konnte nicht davon ausgehen, dass irgendjemand auch nur ahnte, wo sie sich aufhielt. Sie saß hier fest, hinter Schloss und Riegel, mehrfach bewacht. Und schon morgen um diese Zeit würde sie sich auf dem Weg nach Nirgendwo befinden. Sie dachte nach. Was auch immer sonst noch zu tun war – zuerst musste sie aus diesem Käfig herauskommen. Sie untersuchte Schloss und Riegel. Beides war zu stabil, um auf eine andere Art als mit einem Schlüssel geöffnet zu werden.

Mira hörte, wie Nestroy maunzte. Sie blickte hinüber. Nestroys Käfig stand ungünstig, er war halb verdeckt. Dennoch konnte sie ihren Kater erkennen, der in ihre Richtung sah und die Ohren dabei aufgestellt hatte. Mira traute sich nicht, ihm etwas zuzurufen, denn der Dicke befand sich in Hörweite, auch wenn sein Schmatzen wahrscheinlich dafür sorgte, dass kein anderes Geräusch in sein Kleinhirn dringen konnte.

Mira beobachtete den Dicken, der mit wenigen Bissen sein Wurstbrot hinuntergeschlungen hatte und es sich nun in seinem Sessel gemütlich machte. Er zog seinen Laborkittel aus, unter dem er ein eklig grün-gelbes Hawaiihemd trug. Den Kittel warf er zu dem Chaos an Unterlagen, Butterbrotpapieren und Essensresten, die seinen Schreibtisch zierten. Mit beinahe elegantem Schwung warf er die Füße auf die Tischplatte, lehnte sich zurück und schloss die Augen. Minuten später durchdrang ein gleichmäßig rhythmisches, monotones Schnarchen den Raum. Auch viele der Tiere hatten sich wieder hingelegt und dösten. Nestroy aber nicht. Mira beobachtete fasziniert, dass ihr Kater nach wie vor der Alte war: ein erfahrener und mit allen Wassern gewaschener Straßenkater. Nestroy, der gleichfalls beobachtet hatte, wie der Wärter eingeschlafen war, streckte seine Pfote durch das Gitter und begann, am Riegel seines Käfigs zu kratzen und zu drücken. Was von Menschenhand mit Leichtigkeit zu bewältigen gewesen wäre, erwies sich für den Kater als Lebensaufgabe, denn der Riegel war schwergängig und Nestroys Pfote nicht für solche Aufgaben geschaffen. Nestroy plagte sich unter Einsatz all seiner Kräfte und ließ sich dennoch nicht entmutigen.

Mira beobachtete atemlos, wie ihr Kater sein Wunderwerk vollbrachte. Immer wieder hielt er inne und lauschte auf das Schnarchen des Wärters. Dann, nach einer halben Ewigkeit, sprang der Riegel tatsächlich auf. Nestroy lief zu Miras Käfig, streckte den Kopf ans Gitter, ließ sich von Mira streicheln und liebkosen und leckte ihr die Hand.

Mira sprach ruhig auf Nestroy ein: »Hör mal, siehst du die weiße Jacke dort? Hol sie her. Bitte!«

Nestroy starrte sie verständnislos an. Mira schnappte Nestroys Kopf und drehte ihn behutsam in die richtige Richtung. Dann wiederholte sie: »Die Jacke, dort auf dem Tisch. Bring sie zu mir.«

Nestroy ging zögernd einige Schritte in Richtung Schreibtisch. Wieder hielt er inne, tiefe Angst vor dem Wärter stand in seinen Augen. Mira drängte ihn weiter, schließlich blieb ihnen nicht unendlich viel Zeit. Leise und überaus bedachtsam, als gelte es, eine nichts ahnende Maus zu überraschen, näherte sich Nestroy seinem Ziel. Mit einem weiteren Satz sprang er auf den Schreibtisch, landete jedoch auf einem fettigen Pizzarest und rutschte aus. Mehrere Gegenstände fielen dabei zu Boden.

Der Dicke hörte auf zu schnarchen. Nestroy blieb bewegungslos stehen. Mira erstarrte. Der Dicke kratzte sich im Schlaf am Bauch, dann faltete er wieder die Hände und schnarchte weiter. Nestroy fasste mit dem Maul den Kragen der Jacke und sprang vom Tisch. Der Tascheninhalt schepperte, als der Laborkittel auf den Boden fiel. Doch diesmal ließ der Wärter sich nicht aus seinem Rhythmus bringen. Nestroy zerrte die Jacke hinter sich her bis zu Miras Käfig.

Die fingerte schnell in allen Taschen, bis sie den richtigen Schlüssel fand.

Sekunden später hielt sie ihren geliebten Kater nach langer Zeit wieder in den Armen.

Doch es blieb ihnen nicht viel Zeit. Sie schlichen zum Ausgang und verließen die Halle. Draußen standen sie auf einem langen Gang.

Wohin sollten sie jetzt gehen? Mira kannte sich nicht aus. Sie wusste nur, dass sie vermutlich irgendwo im Kellerbereich des Gebäudes, vielleicht sogar tief unter der Erdoberfläche waren. Wie sollte sie einen Fluchtweg finden, ohne Alarm auszulösen oder jemandem in die Arme zu laufen?

Mira dachte nach. Es musste früh am Morgen sein. Der einzige Ort, den sie finden würde, war der Tower. Dort dürfte um diese Zeit niemand sein. Und mit ein wenig Glück könnte sie von dort aus die Polizei alarmieren.

Sie setzte sich in Bewegung. Am Fahrstuhl drückte sie auf den Anforderungsknopf. Sofort öffnete sich die Kabine.

Mira und Nestroy waren nach einem vorsichtigen Blick zurück schnell darin verschwunden. Bis jetzt waren sie noch nicht bemerkt worden.

Mira beeilte sich nun. Sie drückte die vier Tasten des Towercodes auf dem Tastaturblock, doch nichts rührte sich. »Denk nach, Mira, denk nach!« Sie redete sich gut zu und wiederholte die Eingabe. Nichts!

In der Ferne hörte sie Schritte. Mira lugte um die Ecke. Ihr Herz raste. Am Ende des Flurs standen zwei Wachposten und unterhielten sich in ruhigem Ton. Mira brach der Schweiß aus. Sollte alle Mühe vergebens gewesen sein?

Mira hob die rechte Hand, um sich den Schweiß von der Stirn zu wischen. Verdutzt fiel ihr Blick auf den Spiegel. Ihr Spiegelbild hob die linke Hand. Mira stutzte. Natürlich! Sie hatte den Code im Spiegel gesehen, das hieß, die Eingaben waren seitenverkehrt. Statt der linken musste sie die rechte Taste drücken.

Näherten sich die Schritte jetzt? Nestroys flehender Blick traf Mira. Mit zitternden Fingern tippte sie erneut die Tastenkombination. Eins, zwei, drei … Konzentriert starrte Mira auf den Spiegel. Es war nicht einfach. Mira lief dabei der Angstschweiß von der Stirn. Sie drückte auf die vierte Taste. Nichts geschah. Frustriert schloss sie die Augen.

Es war vorbei. In diesem Augenblick schloss sich zischend die Fahrstuhltüre.

Die Höhle des Löwen

Mit einem sanften Ruck schwebte die Kabine nach oben. Mira atmete tief durch. Sie hatten es geschafft. Fürs Erste. Sie fragte sich, was sie oben im Tower erwartete und ob der Fahrstuhl in wenigen Minuten ihre Verfolger nach oben bringen würde.

Gleich würde der Fahrstuhl in Gramsbachers Zentrale ankommen. Mira presste sich flach gegen eine Wand und hielt den Atem an. Der Fahrstuhl stoppte. Die Türen öffneten sich.

Von ihrem Platz aus konnte Mira niemanden entdecken. Vorsichtig spähte sie hinaus. Der Raum war dunkel und leer. Schnell huschte sie, gefolgt von Nestroy, aus dem Fahrstuhl. Wie viel Zeit blieb ihnen? Wie lange würde es dauern, bis man ihr Fehlen bemerken würde? Bald schon würde mit dem Verladen der armen Tiere begonnen werden.

Mira überlegte. Sie konnte versuchen zu fliehen, aber es war nicht sicher, ob ihr das gelang. Alleine konnte sie auch nicht daran denken, die Gangster aufzuhalten. Also blieb ihr nur, die Polizei zu verständigen.

Von draußen drang ein seltsam rhythmisches Klopfen durch die Fenster.

Mira schaute zur Glasfront und sah einen schweren Hubschrauber, der gerade im Begriff war, auf dem firmeneigenen Hubschrauberplatz zu landen. Der Regen war stärker geworden. Er prasselte jetzt in Strömen herab.

Mira drehte sich um und suchte nach einem Telefon. Sie ging mehrmals rund um den Großcomputer. Er hatte nicht nur zahlreiche Monitore, Lichter und Tastaturen, sondern auch mehrere Kopfhörer und Mikrofoneingänge. Aber nirgends konnte sie etwas entdecken, was einem Telefon auch nur ähnlich sah. Es war verrückt. Hier saß sie im Kommunikationszentrum eines kriminellen Multiunternehmers – allein und unbehelligt – und konnte nicht einmal Hilfe herbeirufen.

Wütend trat sie mit dem Fuß gegen die Computersäule. Beinahe zeitgleich öffnete sich zischend die Fahrstuhltüre. Mira hechtete hinter eine Couch, gefolgt von Nestroy. Da hörte sie schon Gramsbachers Stimme: »Es ist mir egal, wo die Kleine steckt. Sucht sie! Wir müssen in einer halben Stunde abfliegen, sonst schaffen wir es nicht mehr. Wenn ihr sie vorher findet, dann nehmen wir sie mit. Findet ihr sie später, dann wisst ihr, was ihr zu tun habt. Hauptsache, ihr findet sie überhaupt.«

Gramsbacher näherte sich der Computersäule. Mira machte sich so klein wie möglich. Der alte Herr griff zu einem Hörer und drückte mehrere Ziffern auf einer daneben liegenden Tastatur. »Hier ist Gramsbacher. Sagen Sie dem Piloten, dass er die Maschine bereithalten soll, ich komme.«

Gramsbacher marschierte zum Fahrstuhl und betrat die Kabine. Sein Begleiter folgte ihm. Als sich die Kabinentüre schloss, sprang Mira auf und griff sich den Hörer.

In Windeseile tippte sie die Nummer von Holgers Handy ein und wartete. Es klingelte einmal, zweimal, dreimal... Endlich nahm Holger ab.

»Wer auch immer da dran ist, es ist fünf Uhr morgens und...«

»Ich bin's, Mira.«

Mira konnte förmlich hören, wie Holger hochschreckte. »Mensch, wo steckst du? Was ist passiert? Warum warst du auf einmal verschwunden?«

»Ich habe nicht viel Zeit. Aber ich habe die Gangster. Du wirst es kaum glauben. Ruf sofort die Polizei an. Es ist...«

Wieder öffnete sich die Fahrstuhltüre zischend. Mira ließ den Hörer fallen und hechtete in ihr Versteck hinter der Couch. Sie sprang genau auf Nestroy, der mit einem grellen Jaulen zur Seite hüpfte. Im Nu blickte Mira in die Läufe zweier großkalibriger Pistolen. Sie hob die Hände und rappelte sich hoch. Nestroy blieb abwartend in einigen Metern Entfernung auf dem Boden sitzen.

Die beiden Bodyguards trieben Mira vor die Couch und zwangen sie, sich zu setzen. Gramsbacher, der ebenfalls aus dem Fahrstuhl getreten war, baute sich vor ihr auf.

»Das war ein kurzer Ausflug. Wer hätte gedacht, dass du den Mumm besitzt, dich in meinem Büro zu verstecken.«

Mira warf einen verstohlenen Blick zu dem baumelnden Hörer. Sie wollte laut und deutlich sprechen, vielleicht würde Holger noch mithören und schnell handeln.

»Nun, Herr Gramsbacher, die Aussicht aus Ihrem Tower ist einfach zu verlockend.«

Gramsbacher war irritiert. »Quatsch, was soll das? Willst du mich verkohlen?«

Mira lächelte und sprach laut und deutlich weiter: »Wer würde den Chef der großen Pharmatox AG verkohlen wollen?«

»Spar dir deine Frechheiten. Dort, wohin deine Reise jetzt geht, wird man dir das sowieso abgewöhnen.«

Gramsbacher drehte sich um.

»Nehmt sie mit zu den anderen, der Lkw müsste so weit sein. Und vergesst nicht, ihr eine ordentliche Dosis Betäubungsmittel zu verpassen.«

Mira sah sich krampfhaft nach einer Fluchtmöglichkeit um. An der Wand entdeckte sie eine Notausgangstüre, über der ein kleines grünes Licht schimmerte. Die Türe war sicher verschlossen, aber im Ernstfall musste man sie von innen aufdrücken können.

Gramsbacher ging zum Fahrstuhl. Die beiden Bodyguards packten Mira mit grobem Griff rechts und links an den Oberarmen.

Mira rief dem Firmenboss hinterher: »Haben Sie eigentlich keine Angst, dass man Sie schnappt, wenn Sie die Tiere in Ihrer Firma, direkt neben der Polizeischule, verstecken?«

Gramsbacher blieb stehen. »Warum schreist du eigentlich die ganze Zeit so? Denkst du, ich habe was an den Ohren?«

Mira grinste. Gramsbacher zögerte, dann wandte er seinen Kopf ruckartig zu der Computersäule. Er wurde bleich. Blitzschnell ging er hinüber, nahm den baumelnden Hörer, hob ihn hoch und fragte: »Hallo, ist da jemand?«

Doch er hörte nur ein Klicken, als die Leitung unterbrochen wurde. Mit wütend funkelnden Augen fuhr er zu Mira herum: »Wer war da dran? Wen hattest du angerufen?«

Mira lächelte. Gramsbacher zwang sich, nachzudenken. Er ging nervös zur Glasfront, betrachtete nachdenklich den Hubschrauber. Bald hatte er seine Fassung zurückgewonnen.

»Also gut. Wir gehen kein Risiko ein. Los, ab in den Hubschrauber. Nehmt die Kleine und ihre blöde Katze mit. Wir machen, dass wir wegkommen. Unsere Maschine geht in Kürze. Keiner weiß, wo genau wir hinfliegen. Selbst wenn die Kleine die Polizei angerufen hat, sind wir im Ausland, bevor die uns hier auf die Schliche kommen. Sagt den Männern, der Lkw soll losfahren. Schnell!« Gramsbacher ging zum Fahrstuhl und drückte auf die Tastatur. »Ihr betäubt den Kater und das Mädchen, dann bringt ihr sie nach. Ich muss noch ein paar Unterlagen aus dem Tresor holen. Wir treffen uns beim Helikopter.«

Die Fahrstuhltüre schloss sich. Einer der Männer zog eine Betäubungspistole, legte auf Nestroy an und drückte ab. Der Kater jaulte kurz auf und brach dann bewegungslos zusammen. Mira schrie und wollte hochstürzen, aber der andere hielt sie fest, während der Erste seine Betäubungspistole nachlud und auf Miras Bein zielte. Dann überlegte er es sich anders.

»Ich hab keine Lust, sie den ganzen Weg zu schleppen. Die soll laufen. Flachpusten können wir sie auch noch unten.«

Er gab die Betäubungspistole seinem Komplizen und ging hinüber zu Nestroy.

Mira witterte ihre Chance.

Sie wartete, bis der andere Mann sich bückte, um Nestroy aufzuheben, dann trat sie mit voller Wucht gegen das Schienbein ihres Bewachers. Der ließ die Waffe fallen, schrie vor Schmerz auf und ging in die Knie. Mira sprang hoch und sprintete mit einer wahnwitzigen Geschwindigkeit in Richtung Notausgang. Der Typ, der Nestroy hinter der Couch aufheben wollte, rannte ihr nach, aber da war Mira bereits an der Türe angekommen. Ebenso mutig wie verzweifelt warf sie sich mit aller Gewalt gegen die Türe. In ihrer Schulter knackte es, ein stechender Schmerz durchfuhr sie, aber die Türe sprang auf und Mira fiel auf eine Art Metallbalkon.

Auf ihren Rücken prasselte kalter Regen. Erschrocken schaute sie durch das Stahlgitter nach unten. Dutzende Meter unter ihr lag der Asphalt. Sie war auf einer Galerie gelandet, die rund um den Tower führte. Eine Feuertreppe führte zickzackförmig nach unten. Mira fluchte. »Für so was gibt es Helden. Warum also ich?« Dann sprang sie auf und stürmte, trotz ihrer schmerzenden Schulter, immer zwei Stufen auf einmal nehmend, hinab.

Sie war gerade bis zum nächsten Absatz gekommen, als oben einer ihrer Verfolger erschien. Er versuchte, mit seiner Pistole zu zielen, aber die Metalltreppe bot Mira genügend Schutz. So begann eine kurze Verfolgungsjagd die Treppe hinunter. Doch Mira war schneller. Der Abstand zwischen beiden vergrößerte sich so rasant, dass der behäbige Mann bereits auf dem zweiten Absatz wieder fluchend umkehrte.

Sicher würde er vom Büro aus seine Kollegen verständigen. Mira konnte davon ausgehen, unten abgefangen zu werden, dennoch stürmte sie weiter, so schnell sie konnte.

Der Meisterschuss

Zwei Minuten später war Mira, völlig erschöpft und nass bis auf die Haut, am Fuß der Feuertreppe angekommen. Sie sah sich um. Der Helikopter stand geräuschlos in einiger Entfernung. Er wartete noch auf Gramsbacher, der aber jeden Moment kommen konnte.

Nicht weit davon entfernt, gab es einen Gebäudeausgang. Von Verfolgern war nichts zu sehen. Noch nicht. Mira lief an der Lagerhalle entlang in Richtung Helikopter, immer darauf achtend, nicht in den Lichtkreis einer Laterne zu geraten. Immer wieder musste sie niesen. Das würde eine saftige Erkältung werden. Doch die war jetzt ihre geringste Sorge. Allein konnte sie hier nicht mehr viel ausrichten. Nun war sie auf Hilfe angewiesen. Mira hoffte inständig, dass Holger alles mitbekommen und die richtigen Schlüsse gezogen hatte. Ansonsten würde Gramsbacher gleich auf Nimmerwiedersehen verschwinden. Zwar wäre seine Karriere hier beendet, er würde für den Rest seines Lebens irgendwo im Ausland abtauchen müssen, aber von Nestroy würde sie ebenfalls garantiert nie mehr etwas sehen. Sie musste verhindern, dass der Helikopter startete.

Sie war jetzt am Ende der Lagerhalle angekommen. Zwischen ihr und dem Hubschrauber lagen ungefähr 60 Meter freie Asphaltfläche. Auf halber Strecke stand ein Schuppen, eine Art Umspannhäuschen, in dem vermutlich die Elektronik für die Start- und Landelichter des Helikopterplatzes untergebracht war. Mira schaute sich um und erschrak. Aus dem Ausgang beim Tower strömten mehrere Männer mit Taschenlampen. Man war hinter ihr her.

Jetzt musste sie sich entscheiden. Fliehen oder alles auf eine

Karte setzen? Mira schluckte. An ihrem jetzigen Standort konnte sie ohnehin nicht bleiben. Nervös und unentschieden kaute Mira auf den Knöcheln ihrer Hand. Eine große Müdigkeit überkam sie.

Ihr fiel das Stück ein, das sie in den letzten Wochen geprobt hatten. *Wilhelm Tell.* Wie hätte er in solch einer Situation gehandelt?

»Wer gar zu viel bedenkt, wird wenig leisten.«

Sie atmete tief durch, bei jedem Atemzug pochte ein ziehender Schmerz in ihrer verletzten Schulter, dann duckte sie sich und rannte los.

In Deckung des Schuppens ließ sich Mira erschöpft auf den Boden sinken. Nach einer kurzen Verschnaufpause konnte sie sich wieder umsehen. Sie war unter einer Art Vordach gelandet. Es stand auf zwei stabilen Stützen und überspannte die ganze hintere Front des vielleicht vier bis fünf Meter breiten Schuppens. Darunter war allerlei Gerümpel gestapelt. Wie Mira sehen konnte, waren es Baustoffe, Mörtel, Steine, ein Seil, Schaufeln und mehrere Metallträger.

Mira schlich zur Ecke des Schuppens und lugte hervor. Noch stand der Helikopter gespenstisch still im strömenden Regen.

Mira wünschte sich, sie hätte eine Möglichkeit, das stählerne Ungetüm aufzuhalten. Sie dachte nach. Die einzige empfindliche Stelle bei einem Helikopter war der Heckrotor, der das Gerät in der Luft stabilisierte. Wenn er ausfiel, konnte der Helikopter keinen Zentimeter vom Boden abheben, ohne sich wild und steuerlos im Kreis zu drehen.

Mira kroch zurück unter das Vordach. Sie betrachtete den Stapel mit Baustoffresten. Dann ging ein verschmitztes Grinsen über ihr Gesicht.

Sie schnappte sich das Seil und band das eine Ende um eine der Vordachstützen. Dabei murmelte sie, um sich Mut zu machen, die entscheidenden Sätze aus *Wilhelm Tell* vor sich hin, bevor er seine Armbrust auf den verhassten Herrscher richtete.

»Mach deine Rechnung mit dem Himmel, Vogt.
Fort musst du, deine Uhr ist abgelaufen.«

Mira knotete mit einem Blick zum Helikopter das Ende des Seils doppelt zu. Noch war es ruhig. Sie griff nach einer der Metallstreben.

Da hörte sie in großer Entfernung Polizeisirenen. War das die Hilfe? Hilfe für Mira, doch für Nestroy würde sie zu spät kommen, wenn Gramsbacher vorher mit dem Helikopter davonflog.

Sie schaute auf die Metallstrebe. Schwer war sie, sicher würde sie ihre Wirkung tun. Mira kamen Zweifel, ob sie die nötige Kraft hatte, um die Strebe weit genug werfen zu können. Aber sie musste es darauf ankommen lassen. Während sie das Seil an der Strebe befestigte, knurrte sie weiter.

»Meine Gedanken waren rein von Mord.
Du hast aus meinem Frieden mich heraus
geschreckt, in gärend Drachengift hast du…«

Mira zog den Knoten fest und prüfte ihn noch einmal, indem sie mit ihren regen- und schweißnassen Händen kräftig Strebe und Seil auseinander zog.

»… die Milch der frommen Denkart mir verwandelt.
Zum Ungeheueren hast du mich gewöhnt…«

Schlagartig kam Leben auf den Platz. Durch den strömenden Regen sah Mira zwei Scheinwerfer, die sich über den Asphalt der ehemaligen Rollbahn fraßen und rasch näher kamen. Jetzt war es so weit. Mira taxierte die Entfernung zwischen ihrem Versteck und dem Heck des Hubschraubers. Der Wagen hielt in unmittelbarer Nähe der Maschine.

Die Sirenen wurden lauter. Mira schätzte, dass die Polizei jetzt an der Einfahrt zum Firmengelände angekommen sein musste. Dennoch, sie würden zu spät kommen.

Mira war noch gut und gern 20 Meter vom Heck des Hubschraubers entfernt. Sie schluckte. Mit einem kurzen Blick auf das Seil musste sie feststellen, dass es niemals reichen würde…

Verflixt und zugenäht. Ihre Rechnung ging nicht auf. Es würde nicht funktionieren. Mira schossen Tränen in die Augen. Dann gab sie sich einen Ruck. Sie linste um den Schuppen und beobachtete hilflos, wie Gramsbacher aus dem Wagen stieg, begleitet von seinen beiden Bodyguards. Einer von ihnen hielt den betäubten Nestroy wie einen leblosen Gegenstand unter den Arm geklemmt. Wenige Sekunden später verschwanden sie im Passagierraum des Helikopters. Der Motor sprang an und langsam begannen sich die Rotorblätter zu drehen. Die Scheinwerfer des Helikopters flammten auf. Miras Gehirn arbeitete fieberhaft. Dann horchte sie auf. Die Sirenen klangen jetzt ganz nah. Sie blickte auf und sah, wie die Taschenlampen der Männer, die nach ihr suchten, in wilder Hektik auseinander stoben.

Mira versuchte verzweifelt, das Seil vom Vordachpfosten zu lösen. Vergebens. Sie hatte es zu straff angezogen.

Im Stapel der Baustoffreste suchte und fand Mira schließlich ein Metallstück mit scharfer Kante. Damit versuchte sie in nervöser Eile, das Seil zu zerschneiden. Sie hörte, wie der Motor langsam an

Drehzahl gewann und die Rotorblätter sich schneller drehten. Gleich würde er abheben. Dann war alles vorbei.

Endlich hatte sie das Seil fast durch. Sie warf das Metallstück fort und zog aus Leibeskräften. Nichts. Noch einmal zerrte Mira mit letzter Kraft. Als das Seil riss, fiel Mira rücklings in eine Pfütze, doch sie spürte die Feuchtigkeit vor lauter Aufregung kaum. Blitzschnell sprang sie hoch, nahm die Metallstrebe am anderen Ende des Seils und warf einen Blick um den Schuppen.

Da kamen auch schon mehrere Blaulichter um die Ecke des Hauptgebäudes gerast. Die meisten blieben vor dem Eingang stehen, drei fuhren weiter, direkt auf den Helikopter zu.

Der Helikopter, dessen Kufen bereits bebten, war im Begriff abzuheben.

Jetzt oder nie.

Mira rannte los. Auf halber Strecke blieb sie stehen, holte kurz aus und warf das Metallstück mit aller Kraft in Richtung Heckrotor.

Dann ließ sie sich auf den Boden fallen. Fassungslos beobachtete sie, wie es über den Heckrotor hinwegsegelte. Sie hatte zu weit geworfen.

Auf der anderen Seite des Hecks fiel das Wurfgeschoss zu Boden. Dabei senkte sich die angebundene Schnur in den drehenden Rotor.

Es gab ein fürchterliches Geräusch, als die Schnur blitzartig von den drehenden Blättern aufgezwirbelt wurde. Der Rotor blieb stehen und der Motor des Helikopters heulte auf, dann starb er ab.

Die drei Polizeifahrzeuge rasten heran und kreisten den Hubschrauber von allen Seiten ein. Polizisten sprangen heraus und gingen hinter ihren Fahrzeugen in Deckung.

Erschöpft in einer Pfütze liegend, beobachtete Mira, wie Kommissar Harman mit einem Megafon in der Hand über ein Wagendach hinweg rief: »Hier spricht die Polizei. Kommen Sie mit erhobenen Händen heraus, Sie sind umstellt. Widerstand ist zwecklos und führt nur zu Blutvergießen.«

Eine endlos lange Minute geschah nichts, dann öffnete sich langsam die Passagiertüre des Hubschraubers, drei Pistolen fielen klappernd auf den Asphalt. Gramsbacher trat mit erhobenen Händen in den Regen.

Tunfischpizza für die Helden

Die Fahrstuhltüre öffnete sich und Holger drehte sich um. Er lächelte, als er seinen Besuch begrüßte.

»Hereinspaziert, es ist angerichtet!« Er wies mit einer eleganten Bewegung seines Armes auf einen Stapel dampfender Pizzaschachteln.

Mira und Simon betraten die Redaktion. Simon, der zum ersten Mal in den Räumen der *Morgenpost* war, schaute sich interessiert um. Wolf und Nestroy steuerten direkt Holgers Schreibtisch an. Der Duft aus den Pappkartons war zu verlockend.

Holger lachte: »Die beiden haben sich wohl angefreundet?«

Simon warf einen Blick auf Mira, den diese lächelnd erwiderte. Dann meinte er knapp: »Nicht nur die beiden.«

Holger nickte: »Glückwunsch! Nun aber auf zum Festmahl.«

Kurz darauf kauten sie zu fünft mit dicken Backen an ihren Tunfischpizzastücken. Als der erste Hunger oberflächlich besiegt war, erkundigte sich Holger nach Miras Schulter.

Mira verzog das Gesicht. »Erinnere mich nicht daran. SO eine

Prellung verheilt nicht in drei Tagen… Aber sag mal, was gibt es eigentlich Neues? Haben sie jetzt alle geschnappt?«

Holger wischte sich den Mund mit einer Papierserviette ab, fischte ein Blatt vom Schreibtisch und reichte es Mira. »Das ist mein abschließender Artikel. Der Chef ist begeistert und liebt mich wieder. Kein Wunder, bei der Story, die ihm sein erfolgreichster Lokalreporter präsentiert hat. Exklusiv und aus erster Hand.«

Holger erkannte, dass Mira etwas lustlos zu lesen begann: »Ich kann dir auch einfach erzählen, was drin steht.«

Mira legte erleichtert das Blatt weg. »Prima, dann kann ich währenddessen weiterfuttern, bevor meine Pizza kalt wird.«

Holger berichtete: »Gramsbacher sitzt trotz teurer Anwälte in Untersuchungshaft. Kaution gibt es nicht. Der wird sich für ein ganzes Dutzend Straftaten verantworten müssen. Vom verbotenen Waffenexport bis zu Betrug und Tierquälerei.«

»Und sein Bruder, der Staatssekretär?«

»Scheint unschuldig zu sein wie ein Lämmchen.«

»Was ist mit Mick und seinem Kumpel?«

»Die sitzen auch. Sicher werden sie auch verknackt, aber angesichts ihres Alters werden sie wohl mit einer Jugendstrafe davonkommen. Der Rest der Stadtparkcowboys scheint übrigens wirklich nichts mit der Sache zu tun zu haben. Die Stadt hat einen ihrer Sozialarbeiter auf sie angesetzt. Sicher keine schlechte Idee. Die Tiere sind in der Zwischenzeit teilweise schon wieder bei ihren rechtmäßigen Besitzern, so weit welche auffindbar waren. Der Rest ist vorerst im Tierheim untergebracht. Ich überlege gerade, ob wir nicht eine Aktion in der Zeitung draus machen. Das Motto müsste lauten: Arme Entführungsopfer suchen liebevolles Zuhause…

Mira nickte: »Fände ich super.«

Holger lachte: »Unser Chefredakteur auch, der sieht bereits die Auflage steigen …«

Jetzt schaltete sich Simon ein: »Und die Pharmatox AG?«

Holger nickte: »Die liegt vorerst auf Eis. Ohne die krummen Deals ihres Ex-Chefs wird sie unter Umständen Konkurs anmelden müssen, aber das ist noch offen. Die meisten Beschäftigten hatten übrigens keine Ahnung von den Machenschaften. Offenbar war außer Gramsbacher nur eine kleine Truppe von Mitarbeitern des Werksschutzes – alle mit einschlägigem Vorleben als Kleinkriminelle und von Gramsbacher persönlich ausgesucht – in den Fall verwickelt. Den Kellerbereich, in dem die Tiere untergebracht wurden, durfte kein anderer Mitarbeiter betreten.«

»Also siegt am Ende doch noch die Gerechtigkeit?«, fragte Simon.

Mira nickte kauend. Dann schluckte sie hinunter. »Bis auf die Tatsache, dass eine Menge Leute ihren Arbeitsplatz verlieren, wenn Pharmatox zumacht.« Holger nickte. Simon schwieg betroffen.

Holger kratzte sich am Hinterkopf: »Tja, mit der Gerechtigkeit ist das so eine Sache … Ich hatte ja reichlich Gelegenheit, mich mit einigen der Obdachlosen zu unterhalten, während du von den Gangstern geschnappt wurdest.«

Mira schaute Holger an und hob fragend die Augenbrauen.

Holger fuhr fort: »Kurz und gut, ich habe dem Chef eine vierteilige Serie über Obdachlose in unserer Stadt abgetrotzt. Da muss wirklich mal was geschehen. Bei uns gibt es nicht mal Notunterkünfte oder Aufwärmstuben wie in anderen Städten.«

Mira nickte: »Also entdeckt deine Zeitung doch noch ihr soziales Gewissen …«

Holger schob Mira das letzte Stück Pizza hin: »Schnapp du es dir, bevor ich noch mal meinen Hunger entdecke.«

Mira stopfte sich den Rest Pizza in den Mund.

Holger deutete auf die Plastiktüte der Marktbuchhandlung, die Mira auf dem Schreibtisch abgeladen hatte: »Einkaufsbummel? Hast du dir einen Krimi gekauft? Fehlt es dir an Spannung?«

Mira prustete eine Portion Tunfisch über Holgers Schreibtisch, dann begann sie schuldbewusst, die einzelnen Stücke in ihre hohle Hand zu sammeln.

Simon gluckste: »Das sind zwei Exemplare von Bertold Brechts *Mutter Courage*. Frau Bloomsdorf hat das Stück für die nächste Theatersaison ausgewählt.«

»Zwei?« Holger tat erstaunt.

Simon nickte und schaute versonnen Mira zu, die sich ganz auf ihre Tunfischeinsammelaktion konzentrierte. »Mira ist wieder dabei. Wussten Sie das nicht? Irgendjemand muss ein ziemlich gutes Wort für Mira eingelegt haben.«

Mira schaute Holger direkt in die Augen. »Und ich weiß auch, wer.«

Holger lächelte ertappt. »Na, jedenfalls werde ich Frau Bloomsdorf vorschlagen, den Titel eures neuen Stückes etwas abzuändern. Das gute alte Stück verdient eine Aktualisierung.«

Simon war neugierig: »So? Wie denn?«

Holger schmunzelte: »… MIRA Courage!«

Mira funkelte Holger böse an, der abwehrend die Hände hob. Simon kicherte. Nestroy und Wolf ließen sich nicht stören: Sie futterten weiter.

bitte umblättern

Wie findest du Miras Abenteuer?

Gefallen sie dir? Hast du Kritik, Fragen oder möchtest du einfach mal mit den Autoren klönen? Interessiert dich, was Mira in ihren nächsten Abenteuern erleben wird? Hast du selbst eine tolle Idee? Dann schalt deinen Computer ein (oder den von Mama, Papa oder deinen großen Geschwistern) und schick eine E-Mail an

MiraMorgenstern@kopietz-sommer.com

Und in null Komma nichts bekommst du von uns eine Antwort. Versprochen!

Gerit Kopietz & Jörg Sommer

Enid Blyton™

Fünf Freunde – Neue Abenteuer

Ab 10

Was gibt's Neues im Felsenhaus? Halten sich ungebetene Gäste auf Georgs Felseninsel auf? Verstecken sich Diebe in den Höhlen bei den Klippen? Nichts lieben Julius, Richard, Georg, Anne und der Hund Tim mehr, als dunkle Geheimnisse zu lüften. Mit Volldampf geht's weiter in neun neue Abenteuer!

Band 23
Fünf Freunde und das Höhlengeheimnis
C. Bertelsmann, ISBN 3-570-12541-6

Band 24
Fünf Freunde und die Juwelendiebe
C. Bertelsmann, ISBN 3-570-12542-4

Band 25
Fünf Freunde und die geheimnisvolle Formel
C. Bertelsmann, ISBN 3-570-12543-2

Band 26
Fünf Freunde und die Entführung
C. Bertelsmann, ISBN 3-570-12544-0

Band 27
Fünf Freunde und das versunkene Schiff
C. Bertelsmann, ISBN 3-570-12545-9

Band 28
Fünf Freunde und die schwarze Maske
C. Bertelsmann, ISBN 3-570-12546-7

Band 29
Fünf Freunde jagen die Spione
OMNIBUS, ISBN 3-570-12547-5

Band 30
Fünf Freunde auf Expedition
OMNIBUS, ISBN 3-570-12548-3

Band 31
Fünf Freunde und das Geheimnis der Statue
OMNIBUS, ISBN 3-570-12549-1

C. Bertelsmann JUGENDBUCH
www.bertelsmann-jugendbuch.de

OMNIBUS
www.omnibus-verlag.de

5059